夏恋シンフォニー

こじらせヒーローと恋のはじめかた

くらゆいあゆ

22239

角川ビーンズ文庫

目次

夏恋シンフォニー
こじらせヒーローと
……恋のはじめかた
夏《か》京《きょう》陸《りく》哉《や》
高2。サッカー部のエース。
すごくモテるのに、
ちゃんと恋愛をしたことが
ない“こじらせ男子”！
結《ゆう》城《き》心《ここ》南《な》
高2。テニス部副部長。
過去の“あること”から
チャラい男子が苦手。
色々考えすぎちゃうタイプ。

人物紹介

塚本《つかもと》真彩《まあや》

高2。同じ委員会で
仲良くなった、心南の友達。

鈴代《すずしろ》来栖《くるす》

高2。名門進学校に通う、
心南の幼なじみ。

杉浦《すぎうら》すみれ

高2。心南の友達で
癒し系女子。

本居《もとおり》美月《みつき》

高2。心南の友達で
溌剌系女子。

結城《ゆうき》昇太《しょうた》

小4。心南の弟。

蘭《あららぎ》 貴子《たかこ》

高3。サッカー部
マネージャー。
才色兼備な古風美人。

本文イラスト／茶々ごま

1　夏のゲートに月明かり

輝《かがや》くばかりの真っ青な空に白い入道雲。そこに飛行機が細くまっすぐな軌跡《きせき》を伸《の》ばしていく。

「あ、飛行機雲だ！」

わたしは足を止めた。

これを見ると恋愛《れんあい》運が上がる、みたいなジンクスがあるけど……残念ながらわたしの場合、それはない。最近好きな人に彼女ができて、自動的に失恋したばっかり。絶賛大どん底中だ。

校門の前で、一緒《いっしょ》に歩いてきた人にバイバイすることなく自分の高校、早律《そうりつ》大付属高校の敷地《しきち》内に入ることにも、もうずいぶん慣れた気がする。

今は六月で、あれからもう二か月がたつ。最初の頃《ころ》、一秒が長い、きつい、しんどい、早く楽になりたいと、歯を食いしばるようにして過ごしてきたのに、振《ふ》り返ってみればなんだかあっという間だった気がする。

それでも最近、ようやく、彼を好きになったきっかけや、ドキドキする毎日が宝物だったと考えられるくらいまでは回復してきた。

わたしの長い髪《かみ》が、梅雨《つゆ》の合間の湿度《しつど》の高い汐風《しおかぜ》にふわあっと揺《ゆ》れる。かすかに夏の香《かお》りがした。わたしたちの町は海沿いだけど、高校も自宅も浜《はま》からはかなり離《はな》れている。でも夏が近づくと特に、浜から運ばれてくる風に、海の香りを強く感じるような気がする。

「心南《ここな》ー」

遠くからわたしの名前を呼ばれ、校門内に入りかけた体をひょいっと後ろにひいて声のしたほうを確認《かくにん》する。クラスが同じでテニス部も一緒に入っている仲良しの美月《みつき》とすみれが、遠くから小走りで近づいてくる。

わたしはそっちに向かって大きく手を振ってから、手招きをした。

「おはよう！　美月、すみれー。ねえ早く早く」

「なにー？」

せかすわたしにすみれが答え、二人はさらに急ぎ、ここまで到着《とうちゃく》した。

「見て見て！　すっごいはっきりくっきりのきれいな飛行機雲じゃない？　恋愛成就《じょうじゅ》にい

いらしいよ」

「ほんとだ。すみれ、お願いしなよ！　沢渡《さわたり》くんとうまくいきますように、って。消えるまでに三回唱えればばっちり！」

「美月、適当すぎじゃない？　それって流れ星じゃ……」

すみれがうらめしそうに飛行機雲を仰《あお》ぐ。

「いいじゃない、ジンクスなんて自分の都合のいいようにとっておけばいいんだよ。ほらすみれ、消えちゃうって！」

わたしはすみれの肩《かた》を叩《たた》いた。

「そっ、そうか、そうだね！　じゃあちょっと失礼して」

こんな校門の前じゃ登校する生徒に迷惑《めいわく》だから、わたしたちはひとまず高校の敷地内に入る。すぐ横の校庭ではサッカー部が朝練をしている。

すみれはひとり飛行機雲に向かって手指を組み合わせて首《こうべ》を垂れ、祈《いの》り始めた。杉浦《すぎうら》すみれ、すみれは長い髪がさらさらの、おっとり癒《いや》し系の女の子だ。男子はこういう子に告白されたら初対面だって頷《うなず》いてしまいそうな気がするけど、本人は同じクラスの沢渡くんにアプローチするのさえ尻込《しりご》みをしている。気持ちはわからないでもない。

ちなみに美月、本居《もとおり》美月はショートカットの溌剌《はつらつ》系女子だ。

「長いな、すみれ、もう行くよっ」

美月が、すみれの握《にぎ》りあわせたままの手首を強引《ごういん》に引っ張る。

「きゃっ」

まだ目をつむってお祈りの姿勢でいたすみれは、バランスを崩《くず》しながらも美月に引っ張られるまま移動する。

こんな感じの朝が、わたしにとっては愛すべき日常だ。

「おーい！　それこっちに蹴《け》っ飛ばしてくれるー？」

よく通る男子の声が校庭から響《ひび》く。見ると手を振りながら黒い髪に整った顔立ちの男子がこっちに走ってくる。校庭を囲う緑のネットのほつれから飛び出して、こっちに転がってきたサッカーボールを追いかけているらしい。サッカー部は専用グラウンドを持っているけど今朝はそれが使えないのかな。

わが校の校則が緩《ゆる》いことを差し引いても、サッカー部は派手すぎる。でもこの男子は、染めていない真っ黒な髪をしている。だからといって決して地味なわけではない。風になびいていてさえ、有名なヘアサロンでカットしたことが一目瞭然《いちもくりょうぜん》のヘアスタイル。

胸に光るネックレス。今ははずしているみたいだけど、ふだんは指輪も、片耳ピアスもしていたような気がする。

サッカー部は、ほぼ全員がこんな感じなのだ。

サッカーって金属を身に着けちゃいけないスポーツだったような気がする。練習だからOKなの？　コーチまで緩いのだろうか？

それでいてレベルは全国クラスなのだ。有名な監督《かんとく》を呼んで、中等部から徹底的《てっていてき》にサッカー技術を叩き込まれている。中学から早律大付属、という子たちがレギュラーを占《し》めてしまっているらしい。

10の背番号が輝かしいこの男子もそうだ。

「夏京陸哉《かきょうりくや》だ」

美月が弾《はず》んだ呟《つぶや》きをもらした。そして、とととっと前に進み出てサッカーボールを両手で大事そうに拾い、そのまま10の番号をつけたその子に手渡《てわた》した。

「ありがと。蹴ってくれればそれでよかったのに」

その子はにこっと美月に笑顔《えがお》を向ける。

「とんでもないですー」

美月が聞いたこともないような甘ったるい声を出す。

「いいかげん直してほしいよ、あそこのネット、な？」

「………」

またもや夏京くんはアイドル張りの笑顔を見せ、下を向いてもじもじしはじめた美月に
そんじゃありがと、と片手をあげると背中を見せて走り出した。

「チャラい……」

これはわたしの呟きだ。

「どしたの？　顔が怖《こわ》いよ、心南」

隣《となり》ですみれが軽くびっくりした声を出す。

「見た見た？　夏京くんとあんなにたくさんしゃべっちゃったよ。いやあー。顔《かんばせ》が花だわ」

「うん。見てたよ美月。すみれちょっと感動した。夏京くんって気さくだね。付属組の女子じゃなくても普《ふ》通《つう》に話すんだね。なんか、爽《さわ》やかで感じよくてびっくりしちゃった」

おっとりしているすみれまで、あんなチャラ男の肩を持つ！　わたしがびっくりだよ。

「だよねー。前の彼女だって高校から入った里《り》香《か》だったでしょ？」

早律大付属中等部は募集《ぼしゅう》人数がすごく少ない。そのせいか、中等部から入った子たちは団結力がとても強いのだ。わたしたち高校からの入学組と違《ちが》って、小学生から高い塾《じゅく》に何年も通ったようなお金持ちの子女たちだ。

そしてここの中等部は、学費が特に高いことで有名だ。

中等部から入った子達は一学年一クラスしかなく、学習進度の違いで高校から入ってくる子と同じ教室になることはないまま卒業を迎《むか》える。そのくせ部活動は一緒《いっしょ》という謎《なぞ》のシステム。

とにかく、そんなわけで中等部付属組は団結力が半端《はんぱ》じゃないのは仕方ない。

「あたし、本気で狙《ねら》おうかな」

今、ボールを拾って渡した夏京くんのことだ。

自分の顎《あご》に指をかけ、首をかしげる美月の目は、それこそ本気だった。

「やっ！　やめなよ美月！　あんなチャラいやつ。高校に入ってからしか知らないけど、彼女の人数がすごく多くない？　十人とか、噂《うわさ》に聞いたんだけど」

「ああ、ね。来る者タイプなら拒《こば》まず、去る者追わず、らしいよね」

「どんどん去っていってるんだよ、あんなチャラいやつは！」

「もう、心南は潔癖《けっぺき》だなあ！　もし夏京くんのタイプなら、あたしにもチャンスはあるってことだよ？」

「そりゃ、そりゃそうかもしれないけど、絶対ダメだってああいうタイプは。なんか怖いっていうか……」

「すみれも心南の言うことわかるよ、美月。あんな派手な男子はすみれたちじゃ対等につき合えないよ。サッカー部って強いから、外部のファンもいるって聞くよ？」

「それはちょっと燃えてくるな」

「美月――！　わたしだってさ、美月が本当の本当にものすごおおく夏京くんのことが好きなら……すごくもやもやするけど応援《おうえん》するよ？　だけどさ、ぶっちゃけ美月のはそういうんじゃないでしょ？」

グラウンドを見ながらもたもた話をしていたら、予鈴《よれい》が鳴ってしまった。グラウンドのサッカー部ももう引き揚《あ》げたあとだ。わたしたちは昇降口《しょうこうぐち》へ足早に移動しながら話す。

「バカね、心南。本当の本当に好きになんかなれないって、怖くて。自分が傷つくのがオチでしょ。そんなことときちんとわかってるよ」

「えっ……美月、それどういう意味？」

「夏京くんとつき合ったら女子としての株があがるかなー、なんてね」

「………」

そんな考えがあることに、そして仲がいい美月がそういう考えを持つことに、わたしは絶句した。

「やーだ、ドン引きしないでよ、心南。ちゃんといいな、とは思ってるよ、夏京陸哉。本当に両想《りようおも》いの彼氏彼女になれれば、そりゃ、それが最高だあね」

美月のその、夏京陸哉、というフルネーム呼びが、すでに好きな人に対する呼び方ではないんだよ。それほど興味のないアイドルに対するような呼び方で、そんなので告白していいのかと首をひねってしまう。

それでも美月は、もしかしたら本当に実行してしまうかもしれない。そして夏京くんが、美月のことがタイプなら、告白をOKしてしまうかもしれない。

「……やめなよ」

すみれとしゃべりながら上履《うわば》きに履《は》き替《か》え始めている美月に、わたしの落とした呟きは、たぶん聞こえなかった。

ホームルームが始まってからもわたしは上の空だった。

「結城心南《ゆうきここな》」

「…………」

「結城、結城、休みかーっ？」

「結城心南、呼ばれてんぜっ」

隣の席の神代《かみしろ》の声だ。

「はっ！　はい、います。登校してます！」

わたしはあわてて手をあげ、そのうえ、そんなことする必要もないのに、動揺《どうよう》のあまり起立してしまった。

神代が、わざわざ腕《うで》を伸《の》ばしてわたしの机をコンコンしてくれなかったら、先生にスルーされて欠席になっていたか、ぼんやり考え事をしていたことをこっぴどく怒《おこ》られるところだった。

「ぼんやりするんじゃない」

怒られたか。

美月に、なんて説得して夏京陸哉くんへの告白を思いとどまらせようかと、ずっと考えていた。わたしがこんなに美月の話に過剰《かじょう》反応をしめすのには、実は理由がある。

高校に入学してすぐ、わたしが広報委員会で仲良くなった友だちに塚本真彩《つかもとまあや》という子がいる。その真彩が、サッカー部の派手集団のうちのひとり、安藤《あんどう》くんと一年の終わりごろにつき合って、二週間と続かずに一方的に振《ふ》られてしまったのだ。安藤くんはその後しばらくして、他《ほか》の子とつき合いはじめたという噂もある。

どうしようもなく悲嘆《ひたん》にくれていた真彩だけど、最近やっと新しい恋《こい》をし、その人とつき合いはじめ、安藤くんのことをふっきった。

安藤くんは、たぶん夏京くんとも仲がいい。

そりゃ全員だとは思わない。サッカー部の中には彼女と長続きしている子だってちゃんといることは知っている。

だけど実際は安藤くんや夏京くんのように、女子とつき合うことを、すごく軽く考えている子が、サッカー部の一部、特に夏京くんみたいな中等部からのレギュラー組に多いことは否《いな》めない。他校のファンもいるとなれば、女の子なんてより取り見取りなんだろう。

それを逆手にとる美月みたいな考え方には言葉を失うけど。でもそういう子なら、振られても傷つかないのか。

そういう女の子ばかりが全国レベルのサッカー部男子に告白をし、男の子たちは近づいてくる女子の態度を見てさらに恋愛《れんあい》を軽く考える、という悪循環《あくじゅんかん》が起こっているとも考えられる。

でも真彩はそうじゃなかった。中等部入学当時から安藤くんのことが好きで、高校生になって捨て身の覚悟《かくご》でやっと告白し、思いがけずOKをもらえてたぶん涙《なみだ》して喜び、報告をしてきてくれた。

真彩はテニス部の仲間だから美月も知っているけど、中等部から早律大付属に入った付属組だ。

テニス部の中でも付属組と高校入学組の間には薄《うす》い膜《まく》があり、なんとなーく分かれてしまっている。ダブルスにしたって付属組の子は中等部から同じ子とずっと組んでいるわけで、必然的に高校からこの学校に入った子は、そういう子同士で組むことになる。

ひとクラスしかない早律大付属中等部。部活というものが初めてな子たちだからどうしても限られた部活に生徒が集中してしまう。その中でテニス部は比較的《ひかくてき》中等部から入っている子が多い部活だ。

というわけで高校のテニス部は、人数としては付属組と高校入学組が半々だ。

試合後の打ち上げなんかは一緒に行くものの、美月やすみれは積極的に付属組の子とかかわろうとしない。

そんな中、わたしは真彩と仲良くなった。仲良くなってみるとすごく気が合って、考え方の深い部分が似ていることを知った。そのうちお互《たが》いの恋愛の話までする親密な間柄《あいだがら》になった。

テニス部では、わたしは美月やすみれと一緒《いっしょ》にいるし、真彩は中等部からの友だちといる。だけど休日に一緒に出かけたり、スマホで頻繁《ひんぱん》に話したりしている。わたしが真彩と仲がいいのは美月もすみれも知っていることだ。

でも……というかだからこそ、真彩の名前を出して美月にあのサッカー部派手集団の女の子に対しての軽さを話すのは、できないことなのだ。

真彩の名前も安藤くんの名前も伏《ふ》せて、状況《じょうきょう》も変えて、あのへんの男子はこんなに軽いんだよ、と話してみても説得力に欠ける気がする。なんだかそれじゃ噂《うわさ》の域を出ないように聞こえてしまう。

……それに美月は、現在ちょっと複雑なわたしと真彩の関係にも、気がついてしまっているかもしれない。あくまでこれは推測の域を出ていないけど。

とにかく！

美月は〝告白OKもらえたらラッキー〟くらいの軽い気持ちみたいだけど、それだって怖《こわ》い。同じ〝軽い気持ち〟でも女子と男子じゃぜんぜん違《ちが》うんだよ。

正直、美月には、あのへんの男子と接触《せっしょく》してほしくないと切実に思う。

今は〝夏京くんとつき合ったら女子としての株があがる〟程度の気持ちかもしれない。でも「本当に両想いの彼氏彼女になれれば最高だあね」とも言っていた。そうなりたいという願望もちゃんと持っているなら、それはすでに立派な好意だ。

コッコツ。

わたしの机をたたく音がする。また隣《となり》の神代か。どうせ教科書見せろとか資料集貸せとか消しゴムなくしたとか、そんな用事でしょ。

コツコツ。

「うるさいな、神代。わたし、大事な考え事をしてるんだよ」

「そうだったのか」

「風邪《かぜ》ひいたの？　のど飴《あめ》あるよ？　声がガラガラで低くなってるよ？」

「そりゃあ、十六歳男子と五十代元男子じゃ、声の高低も変わるってものだ。結城」

「えっ！」

目の前には英語の逸見《いつみ》先生が立っていた。

「僕の授業より大事な考え事があっても、それはよろしい。正しい青春だな」

「あ、ありがとうございます」

「ただしそれは僕の授業ではない時にしなさい。さもなければ別の場所で考えなさい」

「すみませんでした」

「どうする結城。僕の授業について考えるか、自分の大事な考え事について、別の場所で考えるのか」

「もちろん、ここで逸見先生の英語について考えます」

「次に同じ注意を受けたら、別の場所で考えさせるぞ。廊下《ろうか》で立って考えると、頭の中を整理するのに非常に効率がいい」

「はい──……」

授業中にまで考えていたらあっという間に放課後になってしまった。今日はテニス部がないから三人で寄り道をして帰る。週一で仲良し女子三人、カフェで長時間、腰《こし》を据《す》えてしゃべれるのはわたしの大きな楽しみだったりするのだ。

「心南、今日ぼんやり度が高すぎだよね」

美月が口を開く。手元にあるのは新作、期間限定の芳醇抹茶《ほうじゅんまっちゃ》フラペチーノ。しっかりSNSアップ用の写真撮影《さつえい》済みだ。

「だれのせいだと思ってるのよ、美月。今朝美月が、夏京くんに告白しようかな、なんて言いだすからー」

もうあれこれ考えずに本人に、危ない危ないを連発すればいいんだ。

「なんだそんなこと？　もう心南はあれこれ心配しすぎるとハゲるよ」

「このへんハゲてきた」

わたしは別にハゲてもいない頭の横をこすった。

「さすがにそんな度胸はないよ。あたしが一方的に熱を上げてるだけで、知り合いでもなんでもないんだよ？　画面の向こうのアイドルと同じだね」

「なんだー……。そうなのか」

わたしは隣に座っているすみれの肩《かた》に崩《くず》れてもたれかかった。すみれはわたしの頭をよしよししながら口を開く。

「心南はほんと、ちょっとしたことでも先回りして考えるんだもん。話を半分に聞くってことができない。脳疲労《のうひろう》になるよ」

「脳疲労ってなに？」

わたしが聞いた。

「そのまんまだよ。脳が疲労することらしいよ」

「脳の疲労？　中間テストが終わってそこからはすでに解放されましたー」

わたしは芳醇抹茶フラペチーノを手に取り、ストローでシューッとすすった。

またすみれが返す。

「脳疲労は一般的《いっぱんてき》にはスマホ依存《いぞん》で、つねにスマホに触《さわ》ってないとダメな人がなるんだって。SNSも色や動きがめまぐるしく変わってどんどん違う情報が入ってくる。なんでも検索《けんさく》する人は、インプット過多で脳がオーバーフローを起こして、逆に物忘れが激しくなるらしいよ。人の名前が出てこないとか」

「わたしそこまでスマホ使わないもん。ゲームも今はしてないし」

「そのかわり、心南はあれこれ同時にいろんなこと考えすぎ。テニス部も副部長だけど、結局動いてるのは心南が一番多いもん。全員の癖《くせ》や弱いところを把握《はあく》しようとがんばりすぎだと思うよ？　脳が疲《つか》れる」

そこで美月が両手で左右の髪《かみ》の毛を摑《つか》んで引きつり顔をした。

「がーん！　あたし、めっちゃスマホ依存だよ。ないと不安。そんで……言われてみると、ガチで人の名前すぐ忘れる」

「美月、脳疲労じゃなーい？」

すみれが美月を茶化《ちゃか》す。

「そんなことがあるなんて……マジで気をつけよう」

美月の沈《しず》んだ声を聞きながら、わたしは自分の芳醇抹茶フラペチーノのクリームが、溶《と》けて沈んでいくのをじっと見ていた。

一理あるのかも。スマホ依存ではないけど、考えすぎたり勝手に心配したりしていらぬ悩《なや》みを作っちゃうのはきっとわたしの短所だ。今朝の美月のことだってそこまで先回りして考える必要はなかったのか。ほぼ一日どうしよう、とそればっかりに意識をさいてしまった。

最近自分が失恋《しつれん》して、はじめてその辛《つら》さを知ったことが大きい。軽々しくあのへんの男

子と接触して、本来しなくてもいい失恋を美月にはしてほしくない。

……もしかして、それなら、わたしが今一番心を砕《くだ》いている弟の昇太《しょうた》のことも、そこまで心配する必要はないんだろうか。先回りなんだろうか。

時おり昇太が見せる小学四年生にそぐわない暗い表情、隣の部屋から漏《も》れ聞こえてしまった、昇太が友だちとスマホで話す消沈《しょうちん》しているような声……。

「心南！　でも心配してくれてありがと！　そういうとこ、好きだよ」

美月が正面から腕《うで》を伸《の》ばし、わたしのおでこを三本指の先でちょんっとついた。後ろに十センチ頭が移動する。

「美月ぃ――！　見てるだけならいいけど、ぜーったい夏京くんに近寄らないでよー」

わたしは美月にそう返した。

「うわ！　今の言い方、自分の彼氏に対する牽制《けんせい》みたい」

美月の言葉にすみれが笑う。高校生活において、安定している女子友だちほどありがたいものはないのだ。

長いこと好きだった男の子に失恋して、まだちょっと苦しいけど、たぶんわたしは充分《じゅうぶん》幸せ。

明日の日曜日、みんなで出かける予定について額を寄せ合って相談をし始めた親友二人、美月とすみれを眺《なが》めながらそんなことを考えた。

部活のない日曜日、みんなでぶらぶら洋服や小物を見たり食べ歩きをしたりするのが、すごく楽しいとまで思えるほどに、心は回復してきている。

「心南、遅《おそ》くなる時は必ず連絡《れんらく》しなさいよー」

「はーい」

日曜日はいいお天気だった。予定どおり、美月とすみれと今日はショッピング&食べ歩きだ。

「姉ちゃん、出かけるの？」

昇太が玄関《げんかん》に出てきた。小学四年にしては小さくて細い。性格も優《やさ》しい子で、いじられがちなところが姉としてはとても心配だ。最近は特に。

「友だちと遊びに行くよ。昇太は？　今日はどうするの？」

「もっちーとかと、もしかしたら遊ぶかも。その後、塾《じゅく》……」

「そっか。じゃ、お互《たが》い楽しんでこよう。塾、始めたばっかりだもんね。友だちどうしで帰ってくるんだよね？　時間が遅いもんね」

「うん……」

昇太の表情がやっぱり冴《さ》えない。わたしは美月の時と同じようにすっぱり聞くことにした。

「ねえ、昇太、何か友だち関係とかで、うまくいかないこととか……あるんじゃないの？」

「そういうんじゃない」

昇太はそのまま階段を上って、自分の部屋がある二階に行ってしまった。

美月とすみれとわたし、今日は三人がそろった。気に入った洋服も買ってカフェでいっぱいおしゃべりもして、カラオケも行って、鼻歌でも出ちゃいそうな、気分上々の帰り道。

自宅近くの公園と民家のブロック塀《べい》の間の道を歩いている時に、それは起こった。

中学生くらいの男子が四、五人固まって、ブロック塀に向かってなにかどやしつけている。四人か五人かわからないのは、人間がひとところに詰《つ》め寄りすぎて重なっているからだ。

恐喝《きょうかつ》だ！　と一瞬《いっしゅん》でわかるようなシチュエーション。

身長ばかりがひょろっと高くて肉付きの薄《うす》い体型の子もいるし、小学生並みに小さい子もいる。身体《からだ》つきのアンバランスさや私服の感じから、高校生じゃなく中学生だと思った。

それにしたって四、五人いるなかに突《つ》っ込んでいくのは怖《こわ》い。わたしは、いざとなったら110番することにして、スマホの通話機能を表示させてからその集団に声をかけた。

「ちょっとあんたたち！」

「ああん？」

全員がわたしを振《ふ》り向いて動いたことによって、ブロック塀に追いつめられている子の顔が見えた。震《ふる》える手で中学生に向かって財布《さいふ》を差し出している。

「昇太っ！」

わたしは買った荷物を全部地面に落とし、昇太に駆《か》け寄った。昇太を守るように背中に回す。

わたしが割って入るより一瞬早く昇太から財布を受け取った中学生は、いやらしい顔でこっちを向いた。

どうして昇太がこんなところにいるんだろう。

「威勢《いせい》のいい姉ちゃんだと思ったらホントにこいつの姉ちゃんか。ちょうどいいな。中学生ならこいつよりもっと金持ってんだろ」

「失礼ね。高校生よ!」

「じゃあなおさらラッキーだな。てか……とっとと財布出せよ」

詰め寄られたほんの一歩の距離《きょり》に、本気で怖気《おぞけ》がした。

さらに何を思ったのかわたしの顔のほうに手を伸ばしてきた瞬間だった。男子生徒の顔面がブロック塀に容赦《ようしゃ》なく叩《たた》き込まれた。距離が短くなかったら頭が割れたっておかしくない勢いだ。事実、額には血がにじんでいる。

目の前で見ていたわたしは声も出ず、両手で口元をぎゅっと押さえることしかできなかった。いったい何が起こったの?

「俺はこういうやつ、めっちゃ胸糞悪《むなくそわる》くて素通《すどお》りできないタチなんだよね」

中学生の後方からの別の声に、わたしを含《ふく》め、みんなの視線がそっちに移動する。わたしの時と違《ちが》って、中学生全員の身体が一瞬にして硬直《こうちょく》したのがわかった。

背の高い男子がひとり立っている。

「言っとくけど今のは正当防衛だからな。この子が今どんなに怖かったか、お前にわかるか！　怖くてなんにもできなかったこの子の代わりだよ」

　わたしに手を伸ばそうとして、ブロック塀に額を叩きつけられた子に向かって、その男子が吠《ほ》える。今にも火を噴《ふ》きそうな容赦のない怒《いか》りだった。

「…………」

「相手は小学生に女の子だろ？　小学生も怖いだろうけど、女の子には違う怖さがある。お前らには遊びかもしれなくても、この二人には後々まで心に残る大きな傷ができるんだよっ」

「…………」

「俺はそういうのが無性《むしょう》に許せねえ。おら、どうしたよ？　来るなら来いよ卑怯者《ひきょうもの》！　多勢に無勢だぜ？　俺ひとりに五人がかりで尻込《しりご》みかよ？」

声が出なかった。わたしたちの目の前に立ちはだかったのは、部活帰りでジャージ姿の夏京くんだと、ようやく気がついた。

　中学生は確かに五人。背の高い夏京くんと、同じくらい身長のある子もひとりいた。だけどすでに中学生五人は、夏京くんにオーラで完全に負けている。

「お前らどこの中学だ。俺がこういう犯罪を大目にみて許すと思うなよ」

夏京くんは一番近い位置にいたひとりの腕を掴《つか》んだ。それを合図に他《ほか》の四人はバラバラと一目散に逃《に》げ出した。誰《だれ》かが放《ほう》り出したのか、昇太の財布が遠くない場所に落ちている。

「ひとり捕《つか》まえときゃあ芋《いも》づるだよな。こんな卑怯者は」

「ひぃぃっ」

「録画して」

夏京くんはわたしに顔を向け、そう促《うなが》した。

その子は本当に夏京くんに言われるがまま、中学も、自分や逃げた仲間の名前もすらすらと白状していた。わたしは指示通り、スマホを録画機能にして、丸枠《まるわく》をタップする。

中学生がここまで従順でも、夏京くんはさらに徹底《てってい》していた。

「このまま警察に行きたくないなら、なんでもいいから名前の書いてあるものを見せろ。顔写真がついてないやつしかないなら二枚出せ」

最後の最後に本人確認《かくにん》書類の提出。これで嘘《うそ》をついていないかどうかがはっきりする。

夏京くんに詰め寄られた男子は、学生証を見せていたみたいだった。

それを男子中学生に返しながら、夏京くんは念押しした。

「二度と、この子にも、他の誰かにも、こういうことはするなよ」

一語一語区切りながらゆっくり発する言葉は、わかりやすい脅《おど》しだった。昇太にこんなことをされた姉としては、夏京くんが神のように思える。あそこで簡単に、「もうするなよー」くらいの軽い注意であの子たちを逃がしてしまっていたら、きっとまた同じことをする。相手が昇太であっても他の子であっても。

「夏京くん、ありがとう」

逃げていく中学生の背を見送っていた夏京くんにそう声をかける。

「え？」

わたしを振り返るその瞳《ひとみ》が、いぶかしそうに細められる。

「えーとね。わたし、夏京くんと同じ高校なんだ。早律大付属高校の二年。結城心南って言います。この子は小学四年で結城昇太」

「姉弟《きょうだい》だったんだ。で、え？　心南ちゃんって早律大付属の二年なの？」

「そうです」

悪かったですね、印象薄くて。っていうか、心南ちゃんってなに？　いきなり名前呼びから入るの？　やっぱりチャラい……。

と感じないわけじゃないけど、わたしの夏京くんに対する見方は百八十度変わっていた。

だってあそこで夏京くんが現れてくれなかったら、わたしも昇太もどうなっていたかわからない。

中坊《ちゅうぼう》のチンピラなんてたいしたことはしないだろう、せいぜいお金を巻き上げられるくらいですんだとは思う。だけど、年上のわたしはともかく、昇太のこの先が思いやられて仕方がない。

夏京くんはといえば、わたしを上から下まで無遠慮《ぶえんりょ》にじろじろ眺《なが》めまわした。それから口を少し開いて、頭を軽くかしげ、二、三度大きく頭を振ると、そのあと小刻みに何度もうなずいた。納得《なっとく》、といったしぐさだ。わたしに思い当たったのかもしれない。

「見覚えあるかも。心南ちゃん、もしかしてテニス部じゃない？」

「そうです」

「やめろってその敬語。同じ歳《とし》じゃん」

「そうか、そういえば」

美月が騒《さわ》いでいるし、高校内外にファンの多い人だから、芸能人としゃべっているような感覚が抜《ぬ》けない。

「昇太くん。小学四年……か」

「あ、はい」

　そこで夏京くんはなんだか遠い目で昇太を見た。なつかしむような、愛《いと》おしむような、わたしに対するのとは打って変わったやわらかい表情だった。すたすた歩いていってわたしたちが忘れていた昇太の財布《さいふ》を拾い、手のひらで丁寧《ていねい》に土埃《つちぼこり》を払《はら》った。

「はい。まだ内側とか砂が入り込んでると思う。家に帰ってからちゃんと拭《ふ》いときなよ」

「あの、ありがとうございました」

「いいよ。あれだけ警告しといたから、さすがにもう手《て》ぇ出さないと思うよ」

いやもう……。警告というより完全なる威嚇《いかく》だよ。わたしとしてはそのほうが嬉《うれ》しいけど。

「はい」

「昇太くん、あのさ、立ち入ったことだけど、ああやってカツアゲされたのって、今日が初めて？」

「…………」

　昇太の表情がみるみる青ざめる。ここのところ、家でも昇太の顔色が冴《さ》えず、元気がなかったことと何か関係があるんだろうか。学校もちがう、しかも小学生。でも偶然《ぐうぜん》じゃなく、わざわざ昇太を狙《ねら》ったってこと？

「いえ……あの」

夏京くんはここでやっと、肩《かた》にかけっぱなしにしていた部活のバッグを下ろした。長丁場覚悟《かくご》ってことだろうか。

言いよどむ昇太に、夏京くんはせかしたりせず、腕組《うでぐ》みをしてじっと待っている。わたしは家でのことをはっと思い出した。

「昇太……。先週、塾《じゅく》の月謝、落としたって言って、ママにもう一回もらってたよね？」

わたしの言葉が、ぎりぎりのところで耐《た》えていた昇太にとって、触《ふ》れるだけで崩壊《ほうかい》を呼ぶ禁断の積み木だったのだ。不安定な積み木の塔《とう》が崩《くず》れ落ちるのは一瞬《いっしゅん》だった。

「ごめんなさい」

昇太は泣きだした。

「昇太……。ここんとこ口数少ないし、顔色冴えないし、友だち関係うまくいってるのかなって心配してた。こうやって何回もおどされてたってこと？」

だとしたらもう大丈夫《だいじょうぶ》なんだろうか？　夏京くんが、すべて解決してくれたの？

「これって何回目？　相手の名前もわかるし、ちゃんと警察に届け出よう。塾の月謝だったんなら、ヘタしたら何万単位だよな？」

夏京くんが昇太に語りかける。

「一万二千円。今月入ったばっかりで銀行の引き落としが間に合わなかったから」

昇太が今月入会したのは受験用の進学塾ではない。個人経営の英語の塾で、クラスに何人も通っている子がいる。

「それだけ？　取られたの？」

「うん、その時は。でも待ち伏《ぶ》せされて、ないなら親の財布からわかんないように抜き取ってこいって言われたけど……できなかった」

「えらいな。昇太は立派だ。勇気のある子だよ」

夏京くんが昇太の頭をぐしゃぐしゃと、でも愛のある手つきでなでる。

そして夏京くんの昇太への呼び方が昇太くんからすでに昇太、になっていることに気づいた。この人の距離《きょり》の詰《つ》め方の速度に驚嘆《きょうたん》。

「最初にカツアゲされた時、昇太はひとりだったのか？　この際だから困ってることは全部吐《は》き出せ。今回俺があいつらを蹴散《けち》らしたことで、問題はすべて解決したのか？」

え？　どういうこと？　もちろん解決したでしょ？　とわたしは夏京くんの横顔を、疑問全開の表情で見つめた。

「……」

昇太は黙《だま》っていた。

「たぶんだけど……俺の読みが当たってれば、の話だけど、俺は昇太の助けになれる自信がある」

「夏京くん、なんのこと話してるの？　意味わかんないんだけど」

「ごめん心南ちゃん、ちょっと待っててな」

そう言うと夏京くんはまた昇太に向きなおった。

「俺は今、昇太と出会ったばっかりだ。いい人間のふりして近づくやつもいるから騙《だま》されるなよ。自分の心の目を研《と》ぎ澄《す》まして考えるんだ。俺が信頼《しんらい》できる人間かどうか」

「……」

「だけど昇太、俺じゃない人間、お前の姉貴はお前が最も信頼する人間のうちのひとりなんじゃないのか。親に心配かけたくない。でも問題は解決したい、そういう時、一番に頼《たよ》れる存在じゃないのか。それとも姉弟でも微妙《びみょう》なら――」

「……夏京……さんの、言う通りです」

「え？　昇太どういうこと？」

「初めて塾に行った日、その前にみんなでコンビニに寄って買い食いしてたの。その時友だちが転んで、持ってたジュース、あの人たちのひとりにかけちゃって……そしたらクリーニング代よこせって……」

「それで、まとまったお金を持ってたのが昇太だけだったの？　昇太が……」

そこでふと考えがよぎる。親が用意してくれたお金を、すんなり昇太が自分から渡《わた》すだろうか？　昇太がジュースをかけちゃったわけじゃない。

「小学生なんだから向こうだって大金を期待してたわけじゃないだろ。全員の財布から小《こ》銭《ぜに》でも出しゃあそれで気が済んだはずだ」

「友だちのひとりが、こいつが持ってる、って……」

昇太が塾の月謝を払うために、今日はまとまったお金を持っていることを告げ口してしまった、ってこと？

「心南ちゃんさ」

「え？」

明るい表情で、夏京くんがわたしにいきなり視線を合わせてきた。

「ちょっとそこの公園のベンチで待っててくれる？　昇太と男同士の話ってのをするわ」

「……」

「昇太、借りていい？　そこの公園のベンチからなら、俺らのことが見えるだろ？」

「わかった。あの……よろしくお願いします」

わたしは深く頭を下げた。

昇太を助けてくれて、そのうえ、のちのち昇太が再び狙われることがないようにと、完《かん》璧《ぺき》に脅《おど》して……じゃなく諭《さと》してくれたあの手腕《しゅわん》。さらに昇太に日常の問題がまだ何かある、と見《み》抜《ぬ》いてくれた。

わたしは夏京くんを心底信用する気になっていた。わたしは彼の言う通り、すぐ横の公園のベンチに座った。

夕方の公園。上空の風が強いのか、雲の流れが速すぎてなんだか怖《こわ》い。子供の頃《ころ》に慣れ親しんだこの場所特有の花と緑の香《かお》り、その独特の配合がやけに懐《なつ》かしい。近所なのに、この公園に遊びに来ることがなくなって久しい。

夏京くんと昇太がいるほうを振《ふ》り返って見てみる。二人ともガードレールに腰《こし》かけ、わずかにお互《たが》いのほうを向いている。おもに昇太が口を開き、夏京くんは腕組みに足組みをし、むずかしい顔をして聞いている。真剣《しんけん》に耳を傾《かたむ》けてくれていることが、ここからでもわかる。

今日出会ったばかりなのに、昇太の身に何が起きているのかをあの子の様子から探《さぐ》ろうとし、ここまで深く掘《ほ》り下げて考えようとしてくれる人が、家族以外でいるだろうか。わたしだって昇太の様子がおかしいことに気づいていながら、踏《ふ》み込んでいいものかどうか躊躇《ちゅうちょ》していた。もしかしたらママやパパも。昇太は小学四年。難しい年齢《ねんれい》に差しかかりつつある。

教室という四角い箱は、遊園地にも戦場にも、考えたくないけど時には刑場《けいじょう》にだって姿を変えてしまう変幻自在《へんげんじざい》の空間なのだ。これから何年にもわたり、昇太だけじゃなく、誰《だれ》にとってもそういう場所になる。

自分で自分をなだめるように抱《だ》きしめ、目をつむって深いため息を落とす。どんな問題が絡《から》んでいるのかわからない。でもどうか、どうか昇太を助けてください。

「心南ちゃん、お待たせ」

やっと夏京くんの声がした。わたしのいるベンチの近くに昇太と夏京くんが並んで立っている。

「夏京くん、昇太どんな――」

「昇太さ、野球のチームに入ることにしたわ。俺んちと昇太んちってめっちゃ近いのな。まあそうじゃなかったらこんなとこで会わないもんな。小学校聞いたら俺の通ってた小学校の隣《となり》じゃん。このへん学区狭《せま》いしな」

「え？　野球なの？」

昇太のクラスで男の子は低学年から、地域のサッカーチームに入る子がそこそこいた。昇太もやりたい気持ちはあったみたいだけど、運動神経にそこまでの自信がなくて、延ばし延ばしになっていた。

そのサッカーを、みんなが入っている地元チームで始めることがほぼ決まったのだ、最近。学年があがるにしたがって野球を始める子も出てきたみたいだけど、昇太の口から野球の話が出たことはない。

「そう、野球」

夏京くんが宣言する隣で、昇太もどこか晴れやかな納得《なっとく》した顔つきをしていた。

「昇太、どうして野球なの？」

「北村《きたむら》くんが由良《ゆら》レッドソックスに入ってて、最近北村くんと仲がよくて、そっちやってみようかな、って思う」

「そうなんだ……」

北村くん。昇太が、ふだん仲よくしている子と違《ちが》う。初めて聞いた名前だった。

仲がよかったのは一緒《いっしょ》に塾《じゅく》に通うことになった数人。鈴木《すずき》くんとかもっちーとかゆうすけとか。昇太がよく使うニックネームで覚えてしまって、本名は忘れたけど、家《うち》に遊びに来たことも何度もある。

でも昇太は野球なんてやったことがない。パパも心配して地元サッカーチームに入るにあたり、最近すこしずつ昇太と一緒にサッカーをやり始めた。といってもパパもサッカー経験者じゃなく、完全な手探りだ。

「でな？　俺が昇太に野球教えることになったの。毎週、日曜、俺の部活が終わってからだから、悪いけど多くは時間が取れない。だから自主練のやり方も書いておく」

「えっ？」

「だから、俺が昇太に野球を教えるの」

「えっ？」

「だから！　俺が！　昇太に、野球を！　教える！」

「えっ？」

「心南、ふざけてんのか！」

「いやいやいや」

なんで全国レベルのサッカーチームのレギュラーが、昇太に野球、よりによって野球を教えるのか、まったくもって意味がわからない。難解すぎるぞ、夏京陸哉。

「ひとまず帰ろう。送るから。あ、その前に心南と連絡先交換《れんらくこうかん》しとくか。これから心南の弟のコーチだからな、俺」

……今気づいたけど、さらっとわたしの名前も呼び捨てになっていないか？　どんだけ女子慣れしてるんだよ、夏京陸哉。あまりに自然でいつから呼び捨てだったのかも不明だ。チャラい！　誰がそんなやつと連絡先の交換をするかよ！

「はい」

心の叫《さけ》びとは矛盾《むじゅん》して、わたしは超素直《ちょうすなお》にスマホを夏京くんの前に出し、ラインの画面を開いていた。

だってそれ以外どうしろと？　あれだけの修羅場《しゅらば》を演じて、わたしたちを中坊《ちゅうぼう》から助けてくれた。さらに馬鹿《ばか》みたいに部活がきついくせに昇太の野球のコーチまで買って出てくれている。

わたしがなんだかわからない状況《じょうきょう》に追い込まれて、言われるがままに夏京くんと連絡先を交換している間、昇太は隣でいたく嬉《うれ》しそうに口元をほころばせていた。

「じゃあな！　昇太。来週の日曜日、二時に河川敷《かせんしき》におりる看板のとこな！」

わたしたちの家の玄関《げんかん》まで送ってくれた夏京くんは、高らかに宣言すると、片手をあげて去って行こうとしている。隣の昇太を見ると照れ笑いのような表情でそれに応《こた》えている。

わたしはまともにお礼をするのも忘れ、ぽかんと口を開けて見送った。それから急に現実に戻《もど》り、昇太のほうに向きなおる。

「昇太、どういうこと？　野球ってなに？　あんたもっちーたちとサッカーやるって話で、ママが今度、監督《かんとく》さんの家に挨拶《あいさつ》と詳《くわ》しい話、聞きに行くことになってるでしょ？」

「気が変わったの。ママには俺から伝えとくから姉ちゃんは関知しなくていいよ」

「…………」

「それからさ、取られた月謝のことだけど、俺、ちゃんとママに説明して謝る。戻ってくるかどうかわかんないけど、陸哉兄ちゃんが話つけてくれるって言ってるし」

「陸哉兄ちゃん……」

誰のこと？

昇太はスキップでもしそうな勢いで玄関ドアを開け、ただいまーと大きな声を出した。

ここのところ、どこか萎縮《いしゅく》していたような昇太だから、こういう伸《の》び伸びした声を聞くのがなんだか久しぶりな気がする。これもぜんぶ、陸哉兄ちゃんの魔法《まほう》のなせるわざなのだろうか。

そこでスマホが電話の着信を告げた。

「昇太、先に家に入ってて。ママにわたしは外で電話してから帰るって断っといて」

ご機嫌《きげん》な昇太に聞こえていたかどうかわからない。

「うわっ」

わたしは液晶《えきしょう》画面に表示された名前を見て飛び上がりそうになる。たった今連絡先を交換したばっかりの、陸哉兄ちゃんだったからだ。

「はい。結城……結城心南です」

「わかるっしょ？　俺」

「うん」

「あのさ、昇太のことで説明しときたいことがあるんだよね。さっき、俺と昇太、二人で話したじゃん？」

「うん」

「心南もなんで野球？ って顔してただろ？ そっちの家族の間でもサッカーで話が進んでるみたいだから、説明と、あと承諾《しょうだく》が必要かと思って」

「そうか。ありがとう。正直、何がなんだかちっともわかんない」

「だよな。出てこられる？ てか俺、心南から見えるところにいるけど、まだ」

視線をあげると三十メートルくらい先の電信柱の横に夏京くんがいて、わたしに手を振《ふ》っている。

「大丈夫《だいじょうぶ》」

わたしは通話を切るとスマホをバッグに入れるのももどかしく、夏京くんのもとに駆《か》けだした。

さっきわたしがひとりで座っていた公園のベンチに、夏京くんと並んで腰《こし》を下ろしている。

早律大付属高校の生徒が見たら、非常に奇異《きい》な取り合わせに仰天《ぎょうてん》すること間違いない。

「昇太ってクラスのトップ集団みたいなとこにいるだろ？」

夏京くんがいきなりそんなことを切り出してきた。

「男子にはたまにあるパターンなんだけど……」

「そうなのかも」

「うん」

あんまり愉快《ゆかい》な話じゃないらしく、話しにくそうに耳の裏をかいている。

「男ってさ、グループの中でも序列じみたものがあるんだよな。そこで昇太は一番下っぽい。いじられキャラ的な部分が、最近じゃいきすぎるようになってきて、もうそいつらと一緒《いっしょ》にいるのが辛《つら》いって感じるようになってるみたいなんだよな」

「そうなの？　あの短時間でよくそこまで聞きだしたね」

「マジで絶体絶命か、ってところで俺が助けたから、なんか絶大な信頼《しんらい》を勝ち得たらしい」

「なるほど。それは、確かにそうなるよね……っていうか、今さらだけど、本当にありがとうございました」

わたしは両膝《りょうひざ》を揃《そろ》えその上に両手を乗せ、やっと落ち着いて夏京くんにきちんと頭をさげた。

「昇太が、決定的に今の自分の状況に嫌気《いやけ》がさしたのが今回のカツアゲみたいでさ」

「うん、そりゃそうだよね」

「仲間ならさ、知ってても黙《だま》ってて、そんで自分たちの財布《さいふ》から出せばいいわけじゃん。小学生の小遣《こづか》いなんてたかが知れてんだからさ。親に迷惑《めいわく》かけることも怒《おこ》られることもない。むしろそっちのほうがうしろめたさがなくて、全員が親に正直に話せただろうよ」

「そうだね。それで昇太は、あの子たちのほとんどが入ってるサッカーチームに入るのが嫌になったのか」

「そう、そのタイミングで誰《だれ》だったか、最近仲良くなったクラスの男子に誘《さそ》われたんだってよ。由良レッドソックス」

「タイミングがよかったんだね」

夏京くんはそこで足を組み替《か》えた。

「それもあるんだけどな。実際、先々のことを考えてもちょうどよかったんだよ、あいつにとっては」

「どういうこと?」

「昇太って優《やさ》しいだろ」

「えっ」

「向かねえんだよ、性格的にサッカーが」

「昇太は、確かに優しい子だけど、なんでそんなことまでわかるの？」

「脅《おど》されて、あの中学生たちにどこで待ち伏《ぶ》せされてるかわかんない状況だったんだってよ。でも昇太は、親の財布から金を抜《ぬ》くなんてことはできなかった」

「うん。昇太はそういう子だよ」

「いじられキャラってのは一概《いちがい》に弱いとも言えない。人の嫌がることができなかったり、人を傷つけることが苦手だったりする。自分より人のことを考えがちな部分もある。自分が自分が！　って人を押しのけるような性格じゃないだろ？」

「うん」

「向いてねえ。特に子どものサッカーは」

「そうなの？」

「そう。サッカーは接触戦《せっしょくせん》になることも多いから、人を押しのけてでも自分が前に出る性格じゃないと、特に技術の伴《ともな》ってない子どもじゃ頭角を現すのが難しいスポーツなんだよ」

「そうなんだ、夏京くんはいくつからサッカーをやりはじめたの？」

「俺は幼稚園《ようちえん》の年長。あの頃《ころ》のサッカーなんて白熱するとなんでもアリになってきて、一歩間違《まちが》えるとラグビーになるからな」

そう話す夏京くんの横顔は、幼稚園のその頃に戻《もど》っているように見えた。月明かりとぼんやりした街灯が、横顔の陰影《いんえい》をやさしく浮《う》き彫《ぼ》りにする。心臓がきゅっと縮んだような気がする。そんな自分に、ささやかに表現して、仰天だった。仰天する気持ちを無視するように話を続けた。

「そんなに……早くからサッカーやってたんだね」

「違うよ。その後、小学校の二年から四年までちょっとだけど野球をやってた。だからどっちも知ってるの」

「そういうことか」

「サッカーも小学四年ともなりゃあラグビーになることはないにしろ、性格的に優しいやつはどうしたって競《せ》り負ける。技術が卓越《たくえつ》してて、そこから性格も鍛《きた》えられていくやつも中にはいるけど、昇太は始めるのだって仲間に後《おく》れを取ってるわけだろ？」

「……運動神経も、悪いわけじゃないけど、とりたてていいわけでもない」

確かにそんな状況《じょうきょう》で、中学生に昇太を売るようなマネをする友だちと一緒にサッカーをやるなんて心配だ。

「野球ならさ、自分が打席に立った時に確実にヒットなりホームランなりを打てばいいわけだろ？　人の打席の時におらおらどけー俺が！　とかしゃしゃり出てくるバカはいねえし。守備だって自分の守備範囲《しゅびはんい》をきっちり守ればいい。まったくないわけじゃないけど、サッカーほど俺が俺が！　って前に出なくてもいいスポーツだよ」

「なるほど。そうか、そうだよね。でも夏京くん野球からしばらく離《はな》れてて……」

教えられるのかな。

「俺を誰だと思ってんだよ。早律大付属のサッカー部でレギュラー張ってる俺の運動神経なめんなよな。小学生に野球教えるくらい朝飯前だっての。マジむかつく」

どのような性格がサッカーに向いているか、よくわかった気がします。

「はぁ」

「今心南、むっちゃ失礼なこと考えただろ？」

「考えてません」

「顔に出んだよ、ガキっ」

夏京くんがわたしのこめかみあたりをちょんっと横に押した。つくづく変な人。

こういう親しみのある扱《あつか》いで、女の子は夏京くんを好きになっちゃうのかな。しかもこれ、絶対に計算でやってないよ。わたし相手に計算する必要ないもん。

……夏京くんって、今は誰かとつき合っているのかな。もしそうだったら、ものすごく申し訳ない。サッカーの練習練習で、ただでさえ少ない時間を昇太のために割《さ》いてもらうなんてありえない。チャラくてしょっちゅう彼女が変わる恋《こい》多き男だとはいえ、その時その時は真剣《しんけん》なはずだ。恋ってそういうものだ。

「夏京くん」

「何？」

「今って、彼女いるの？」

「いねえよ」

「そうか。……よかった」

「なんだよ、もう俺に惚《ほ》れたの？　早っ」

「ばかかっ！　あっ！　ごめんなさい」

思わず夏京くんの頭をぱっかんと平手でひっぱたき、即座《そくざ》にその無礼に気がついて謝る。

「いってぇな。つか、心南、面白《おもしろ》い」

「光栄です」

「わかってるよ。もし彼女がいたら、昇太の野球につき合ってる時間を奪《うば》うことになっちゃう、とか気ぃまわしてくれたんだろ？」

「そりゃ当然でしょ」

「大丈夫《だいじょうぶ》だよ。昇太の野球が形になって、それがあいつの自信につながるまでは彼女はいいかな。さすがに時間がいっぱいいっぱい」

「そんなに簡単に言いきっていいの？　恋に落ちるタイミングなんていつくるかわかんないよ？」

特に君は過去に彼女が十人以上。めちゃくちゃ惚れっぽいんじゃないの？

「平気平気。それより今は昇太が大事」

「信じても、いいの？」

「いいよ。心南、心配心配心配って顔に書いてあるぜ。途中《とちゅう》で俺に昇太を放《ほう》り出されたらどうしようって。あいつが傷つくもんな」

「そういうわけじゃ……」

あるけど。

「いいよ。まああたりまえっちゃあたりまえだよな。今日初めてまともにしゃべった相手だしな。だけど昇太のことは責任持つよ。軽い気持ちで言い出したわけじゃない」

「ありがとう。夏京くん、ほんとにありがとう」

わたしは両手で夏京くんの右手を取って握《にぎ》りしめ、深く首を垂《こうべ》れた。

感謝の気持ちであふれかえりそうで、思わずしてしまった行為《こうい》だった。手を取った後、これは女子としていきすぎだな、って気持ちが胸をかすめたけど、夏京くんはこんなことには慣れっこのはずだ。わたしはそのまま手にぎゅっと力を入れた。

夏京くんの手が、びくりと揺《ゆ》れる。それを機にわたしは手を放した。

「いやー、心南。見かけによらず積極的だわ」

がははってオノマトペが当てはまりそうな笑い方はちっとも二枚目っぽくなくて、わたしを安心させた。

「そういうんじゃない」

「いや、わかってはいるよ」

首の後ろを片手で揉《も》んで、ぐるんとまわしながら夏京くんが答える。それからベンチの上に置いた、相応の重さがありそうな部活のバッグを肩《かた》に担《かつ》ぐ。

「帰るか。送ってくよ」

「いいよ、夏京くん。わたしんちすぐそこじゃない。もう部活でへとへとなのわかるからそのまま帰って」

「心南はテニス部か」

「そうだよ。サッカー部ほど厳しくないけど、部活のあとのなんにもしたくない感はわかる」

サッカー部って、部活が終わってからその日の反省会があるって聞いたことがある。遅《おそ》いことが多くて今まで会ったことがないのかもしれない。

「いや俺、これから帰って筋トレだわ」

「間違《まちが》いなく人間じゃないよ、それ」

わたしたちは公園の前で別れた。公園からわたしの家までは一本道。家の前で振《ふ》り返ると夏京くんがまだそこに立っていて、見えるように手を振ってくれた。わたしも手を振り返した。

こんなに人の印象が変わることも世の中にはあるんだと、身に染《し》みて感じた結城心南十六歳、月明かりの美しい夜でした。

2 夏の門、くぐった先に遊園地

「昇太ぁ！　グローブ持った？　パパに買ってもらったバットは？」

「持ったよ。つか姉ちゃんがなんでついてくんのさ」

「だって心配だもん」

あれから一週間後の日曜日。快晴午後二時。約束どおり夏京くんは河川敷《かせんしき》で昇太に野球を教えてくれることになっている。

運動神経はある程度鍛《きた》えられる、スポーツテストの結果から見るにポテンシャルはある、生活を見直せと昇太は叱咤激励《しったげきれい》され、その気になっていた。ちなみにわたしは、〝昇太筋トレメニュー〟なるメモを学校で夏京くんから手渡《てわた》され、細々《こまごま》とやり方の指導も受け、完全に昇太との橋渡し役として使われている。

夏京くんはわたしのクラスを、自分のクラスのテニス部の女の子に聞いたらしく、一瞬《いっしゅん》騒《さわ》ぎになったらしい。夏京くんのファンっぽい子もいて面倒《めんどう》だから、弟の野球のコーチになったことは黙《だま》っていた。

そしてわたしの持ち帰った〝昇太筋トレメニュー〟にそって昇太は毎日、筋トレをがんばっていた。

「あー、陸哉兄ちゃんいたいたー」

どうせ汗《あせ》をかくからか、部活のジャージのままの夏京くんを見つけると昇太は走り出した。短期間でよくここまでなついちゃうもんだな、と感心する。夏京くんのキャラのせいか、〝自分の危機を救ってくれた師〟って雰囲気《ふんいき》じゃなく、近所の仲良し兄ちゃん、まさしく〝陸哉兄ちゃん〟と昇太は慕《した》っている。

「昇太、ちゃんと俺の指示通り筋トレやったかー？」

「やったよー。でもまだできないのもある」

「飽《あ》きずに毎日やれよ？　身体能力は一朝一夕《いっちょういっせき》にはあがんないからな！」

「はーい」

めっちゃ手なずけている、と感心しながらわたしは堤防《ていぼう》として河川敷より小高くなっている遊歩道の、ちょっと手前に腰《こし》を下ろした。シロツメクサがいっぱいに咲《さ》いている緑の絨毯《じゅうたん》だった。

空には入道雲。はるか下の河川敷で、弟と夏京くんがキャッチボールをやっている。のどかだなあ。

家族の前で、心配をかけまいと笑顔《えがお》の仮面を貼《は》り付けていた少し前までの昇太を思うと、今はとても幸せで、夏京くんに感謝してもしたりない。

昇太は以前のグループから離《はな》れて、今は北村くんとつるんでいることが多いと聞いた。北村くんと一緒《いっしょ》に地元野球チームに入ることも決定した。

北村くんはクラスの中で、誰《だれ》とでも仲良くするけど、どこともがっつりつるまない一匹《いっぴき》狼《おおかみ》みたいな子らしい。クラスを仕切る大きなグループに思うところがあって、あえてそうしているようなことを昇太が言っていた。

ある意味そういう子が精神的に一番強いと思う。そういう子が昇太と仲良くしてくれるのは嬉《うれ》しい。

昇太のクラスで、一番権力を持っている男子グループは人数も多い。昇太が抜《ぬ》けたことで、他《ほか》の子が同じ憂《う》き目にあっていると昇太からちらっと聞いた。びっくりしてそのことを夏京くんに言ったら、男子は厳しい時はガチで厳しいし、えげつないぞ、と言われた。

昇太には、今自分にできることをやってほしい、とも告げられた。

普通《ふつう》であることが幸せ。あたりまえの日常こそが幸せなんだと気づけてよかった。

狭《せま》い教室で生きていかなければならない十数年は、誰にとっても等しく厳しい。今いるグループから離れたほうが楽ならば、離れる勇気を持ってほしいと思う。

わたしは幸いなことに今の女子グループに恵《めぐ》まれている。でもクラス替《が》えだってあるし、これから先、今回の昇太のような事態に陥《おちい》る可能性がないわけじゃない。その時は、昇太と、それから夏京くんに教えられた勇気を抱《だ》きしめていたい。

そういえば、昇太のお金は簡単に戻《もど》ってきた。夏京くんがついていてくれたこともあるだろうけど、昇太が報復を恐《おそ》れずに警察に届ける判断をしてくれたからだ。昇太の大きな成長の証《あかし》のようでとても嬉しい。

わたしの眼下の河川敷には、いくつも野球場やバスケコート、サッカーコートが作られている。

夏京くんが選んだのは一番ぼろっちくて狭い古い野球場だ。ここで試合が行われることはまずない。

キャッチボールの終わった二人はそこでノックの練習をしている。

「なんでもできちゃうんだなあ」

まずグローブでボールをキャッチすることを覚えさせたいのか、昇太の取りやすいところばかりを狙《ねら》って、片手で上げたボールをバットで叩《たた》く。ちゃんと夏京くんが読んだ軌道《きどう》の通りボールは飛んでいるような気がする。

わたしのところまで何度も休憩《きゅうけい》しに戻ってきては、水分補給してからまたグラウンドに駆《か》けていく。あたりが暗くなりはじめ、ようやく二人は野球をおしまいにした。

「昇太、筋がいいよな。初日でここまで上達するとは思わなかったわ」

「陸哉兄ちゃんほんとっ?」

「ほんとほんと」

「昨日、きったーと一緒に初めて由良レッドソックスの練習行った」

「楽しかったか? みんなと仲良くなれそうか?」

「うん。他の小学校の子が多い。でもうちの小学校の同じ学年に、きったーの他に二人いて、その二人とは仲良くなった」

兄弟みたいな会話をしながら歩く夏京くんと昇太を、後ろから眺《なが》めていた。自分の練習の後だっていうのに、疲《つか》れも見せない夏京くん。

不思議だな。ほんの数日前までは、美月が夏京くんの彼女に立候補しようとしていたのを、論外だと、一日無口になるほど悩《なや》んで止めようとしていたのが嘘《うそ》みたいだ。

彼女が十人以上もいたかもしれない、ってただの噂《うわさ》なんじゃないだろうか。そんないい加減な人には見えない。今なら美月が「夏京くん、もしかしてイケるかも、がんばりたい」と言い出したら素直《すなお》に応援《おうえん》するよ。

うちの門扉《もんぴ》を昇太が開けたところで夏京くんが、あっと声をあげた。

「どうしたの？」

「俺、自転車で河原まで来たんじゃん」

「え！　そうなんだ」

「戻って自転車取ってから帰る。そんじゃーな、昇太、来週まで筋トレサボるなよ？　サボったらそこで指導打ち切りだからな」

うわー。そんな条件出したら昇太は絶対にサボらない。

「ちゃんとやる！」

そこで夏京くんがわたしたちから身をひるがえそうとした。

「待って！　わたしも一緒に行く」

思わず夏京くんに声をかけていた。

「俺も行く」

昇太もわたしに続く。

「俺の自転車ごときでぞろぞろついてくんな。ここまで戻ってくんのが超《ちょう》めんどい」

「陸哉兄ちゃんが勝手に来たんじゃーん」

「荷物重そうだったからな。てかなんで自転車のこと忘れてたんだろ。運ぶのだって楽だったのに。昇太はまだ小学生なんだから帰って宿題やれ、宿題」

「わたしは高校生だから平気」

「だーかーら。心南のことも送るのがめんどいって。もうだんだん暗くなるだろ?」

今の季節は一番日が長い。

わたしは夏京くんと、昇太のいないところで話がしたかった。

そこでわたしと夏京くんがちょっと言い争いっぽくなっていたら、斜《なな》め向かいの家の扉《とびら》が開いた。それほど大きな音でもなかったのに、長年培《つちか》われた反射とは怖《こわ》いもので、わたしの視線は瞬間《しゅんかん》そっちに移動した。身体が固まる。

不審《ふしん》に感じたらしい夏京くんは肩越《かたご》しに振《ふ》り返った。

腰までの高さの小さな門扉をあけ、鈴代来栖《すずしろくるす》が外に出てきた。ノーブランドのTシャツに短パンという男子としてはラフなスタイルだから、コンビニか友だちの家にでも行くんだろう。

同じカジュアルでも、来栖がデートに出かける時の服装はわかってしまうのだ。間違《まちが》っても今身に着けているような、数年着続けたようなノーブランドのTシャツは選ばない。

一瞬今、来栖と対峙《たいじ》するのは嫌《いや》だな、と考えてしまった。

「心南、行こうぜ」

「はい？」

さっきまでの断固拒絶《きょぜつ》はなんですか？

「ついてきてくれるんだろ？」

「うん……」

お礼をちゃんと言っておきたかった、いろいろ。この一週間、昇太が筋トレをがんばっていたことも、夏京くんのおかげで、たぶん傷が浅いうちに今いるグループを抜けられたことも、報告しておきたかった。

「行こうぜ」

夏京くんがわたしの肩のあたりの服を引っ張った。今出たくないなんて尻込《しりご》みしている場合じゃない。わたしは覚悟《かくご》を決めて自宅前の道路に出た。

「心南……」

目の前で来栖が棒立ちになってどんぐり眼《まなこ》をわたしたちに向けている。男っ気なんかまったくなかったわたしが、かなりのイケメンと二人。場所は自宅前。つき合っている、と判断するのが普通だろう。

「同じ学校の夏京陸哉くん。わけあって昇太に野球を教えてくれてるの」

「………」

「………」

どっちも口を開かないから妙《みょう》な雰囲気《ふんいき》が三人の間に満ちる。

「夏京陸哉でぇす。よろしくね」

不自然に思えるほど長い数秒の後、間の抜《ぬ》けた紹介《しょうかい》の言葉を口にしたのは夏京くんが先だった。

「あ、ああ……。えーと僕は、心南の同級生で……鈴代来栖」

「昇太に河川敷《かせんしき》で野球教えてて忘れ物しちゃったんだよね。そんじゃね来栖くん」

夏京くんはわたしを連れて来栖の前を歩き出した。

めっちゃ嫌だ、このシチュエーション。そう思ってかすかに振り向いたら、来栖は逆方面に歩き出していた。よかった、と胸をなでおろす。

わたしが来栖をチラ見して前に向きなおったのに、夏京くんはまだ後ろを気にして身体《からだ》が斜めに傾《かたむ》いているような状態だった。

「夏京くん」

わたしの呼びかけにこっちを向いた夏京くんは、にやりと笑った。

「心南、今のヤツのこと、好きだろ」

なんでわかるんだよぉー。

「別に」

「たらたらしてねえで、自分から言っちゃえよ」

「そういうんじゃないの！　だいたい来栖には……彼女が、できたんだよ、最近」

「マジ？」

「マジマジ」

驚《おどろ》いた後、どこか腑《ふ》に落ちない表情になっていた夏京くんだけど、すぐにそのことも忘れたらしく、話題は最近のサッカー部での話に移っていった。

河川敷の上の土手を並んで歩く。初夏の空に夜の始まりを告げる星、金星が瞬《また》きはじめていた。川面《かわも》が落ちていく日を受け、オレンジ色に煌《きら》めいている。さざ波によってきらきらと姿を変える川面は巨大《きょだい》な宝石箱だ。

「夕方のここの景色って天下一品だよね」

「そうだな」

夏京くんの返事が上の空のような気がして、斜め上にあるオレンジの日を受けた横顔を思わず覗《のぞ》き込んだ。

「どうしたの？　あっ。自転車ってあれ？」

「そうだけど……。あいつさぁ、やっぱ心南に気があると思うな」

一瞬誰《だれ》のことだかわからなかった。

「え？　あいつって、来栖のこと？」

「そうそう。そんなスカした名前だった。だけどイケメンで似合ってんじゃねーの？　そういう名前。今どきその程度じゃキラキラネームとは呼ばねえもんな」

「はあ」

なぜ今また来栖の話をぶり返す。

「俺たちがこっち来たらわざわざ反対方向に歩いていくしょ」

「単に反対方向に用事があったんでしょ？」

「ちがうだろー。でも、ま。彼女ができたってことは心南のことも好きだったけど、そっちのほうがよくなっちゃったのかなー」

「いや……。来栖ってそんな軽い性格じゃないよ。今の彼女のことは……きっとずっと心に引っかかってたんだよ」

　来栖が今、つき合っている子の話をすることが、めちゃくちゃ複雑だった。

「じゃ、うーん。引っかかる程度だったその子から告白されたんじゃね？　かわいいって思ってる子から告白されたら、そりゃぐらっときてつき合うことになるよなあ」

「だから！　来栖はかわいいって思ってる程度の子から告白されたって簡単につき合うほどチャラくはないって」

「え！　それチャラくないでしょ？　かわいいって思ってる＝《イコール》好きってことなんじゃないの？」

「えっ？」

「えっ？　って、えっ？」

「どゆこと……」

男子ってそんなに簡単？　いやいやいや。少なくとも来栖はそんなにチョロい男子ではない。それは小学六年でここに越《こ》してきた時からのつき合いのわたしがよく知っている。

「いや、男なんてそんなもんだろ。てか女子だってそんなもんだろ？　ファンです、とか上目遣《うわめづか》いで近づいてくる、素《す》の俺のことなんかぜんぜん知らねえやつが、がんがんアピールしてくっからな」

「そ……そうなの？」

「そうだよ。猛烈《もうれつ》にアピールしてきて、こっちもわりとタイプだなー、とか思ってつき合うとすぐ飽《あ》きられちゃったり。あっ、こんなのもあったぞ。俺がレギュラーの座から落ちて友だちが上がると、そっちとつき合い始めたやつもいた」

「なんだそれ！」

夏京くんが、この年齢《ねんれい》にして、十人以上の女の子とつき合ってきたことが脳裏《のうり》をよぎった。

「そんなもんだろ」

「そんなもんじゃないよ！」

最初はどんなチャラ男だよ、と敬遠しまくりだったけど、素の夏京くんはぜんぜんそんな子じゃなかったのだ。それはわたしと昇太を中学生から助けてくれただけじゃなく、その後のフォローまで申し出てくれていることからもはっきりわかる。

でも、なんだか今の話で少しだけ腑に落ちるところがあった。

夏京くんにとっての好きって感情は、アイドルに向ける「かわいい」とさして違《ちが》いはない。いや、男子が女の子のことをかわいいと思う時に「好き」の感情が多分に含《ふく》まれていることはなんとなくわかる。

小学校低学年男子の「かわいいから好き」は、実のところ「好きだからかわいい」も含んでいるんだと、自分で気づいていない部分があるんじゃないかと推測しちゃうのだ。もちろんそこから年齢が上がるにしたがって「好き」は性格面諸々《もろもろ》が絡《から》み、複雑化していく。

〝女子だってそんなもん〟と、夏京くんの口からあっけらかんと悪気なく放たれたその言葉に、なんとも言えないやるせない感情が渦巻《うずま》く。

夏京くんは全国レベルのサッカー部に中等部からいて、たぶんその前だってめちゃくちゃ注目される選手だったのだ。異性に対して同性とは違う感情を持つ年齢になった頃《ころ》には、夏京くんのまわりをサッカーファンが取り巻いていた。

試合を遠巻きにしか見ていないのに、夏京くんを知ったつもりになって告白までしてくる子が多かった。夏京くんはそういうものを恋愛《れんあい》だと勘違《かんちが》いしたまま、この年齢までできてしまった？　小学校低学年の「かわいいから好き」で止まっている？

「夏京くん……」

「なに？」

「い、一度つき合うと……どのくらい続く？」

「んー、三か月がいいとこじゃね？」

「わか、別れる時って、どういうふうに別れるの？」

どうしてわたし、こんなに言葉が出にくいんだろう。夏京くんの恋愛の感覚について考えはじめてから、心の温度がありえないほど下がってしまい、うまく言葉が紡《つむ》げない。こんなことは初めてだ。

「だいたい俺が振《ふ》られるな。サッカーばっかやってるから面白《おもしろ》くないみたいでさ。あと俺自身も、たまの休みってなると、彼女といるより野郎《やろう》同士でつるんでるほうが楽しくって、ついそっちを優先しちゃったりするしな」

「じゃ、別れて、去って行かれて……寂《さび》しいとか、悲しいとかは……」

「ねえよ、そんなの。忙《いそが》しくってそれどころじゃない」

「一度もそういう感覚になったことはない？」

「おう」

「……………」

「どうした、心南」

「……………」

わたしは土手で完全に足を止めていた。先を歩いていく夏京くんとの間に距離《きより》が空き、それに気づいた彼が振り向き、思わず声を出す。

「えっ？」

わたしの表情を見て疑問の声をあげる夏京くんの顔が、オレンジ色に染まってとてもきれいだ。

「えっ？　ってなに？」

驚《おどろ》く夏京くんにわたしが驚く。どうしてわたしの顔を見てそんなにびっくりしているの？

「なんで泣いてんの、心南」

そう夏京くんが聞いてきた時に、たまたま突風《とっぷう》が吹《ふ》いた。わたしの視界の先を、透明《とうめい》の粒《つぶ》がいくつも風に舞《ま》って流れていく。

「えっ?」

なに? 今の……。わたしはあわてて自分の左右の頰《ほお》を手で交互《こうご》に触《さわ》り、確かめた。濡《ぬ》れていた。どしゃぶりの雨でも降ったあとのように、両方の頰がびしょびしょだった。

そうか。わたしは、こんなにいい人なのに、小さい頃から騒《さわ》がれ過ぎたせいか、普通《ふつう》とは言い難《がた》い恋愛観が構築されてしまった夏京くんが、悲しいのだ。

「なんだよ心南、どうしたんだよ」

夏京くんはわたしのところまで戻《もど》ってきた。ほら、君はこんなに優《やさ》しいのに。

「夏京くん、それは恋愛じゃないよ。去って行かれてもなんにも感じないなんて、そんなの恋愛じゃない」

「え、心南それで泣いたの? 俺の今までのつき合いが恋愛じゃないと思って」

「わかんない。泣いてたなんて気がつかなかった」

「それはそんな、泣かれるほどのことなん?」

夏京くんはわたしの話をたいしたことのない内容だと判断したのか、また歩き始めた。

わたしもその後ろ姿を見ながらとぼとぼと歩を進める。

「だってもったいないよ。夏京くん、こんなに素敵《すてき》な人なのに。人生に一回しかない高校時代なのに、ほんとの恋愛を知らないままその時間が過ぎていっちゃうなんて」

「……でも楽しいし」

「女の子といるのが？　彼女といるのが？」

「いや、男同士で群れてんのが！　それだって人生に一回しかない高校時代だし立派な青春だろ？　今はサッカーが一番大事だしその仲間といるのが楽しいの！　充実《じゅうじつ》してんの！」

「そ……そうか」

夏京くんが本当の恋愛を知らなくてかわいそうだなんて、わたしの勝手な偏見《へんけん》なのかもしれない。

わたしだってそんなにすごい恋愛をしたわけじゃない。でも、誰《だれ》かを想《おも》う気持ちで毎日が輝《かがや》くことを知っている。

こんなにかっこよくていい人なのに、恋愛を知らないまま、高校時代だけじゃなくこれから先の人生も過ごしていくんだろうか？

「もういいよ、この話は。心南に泣かれると、……なんかこのへんが変にざわざわしてくる」

夏京くんは自分の胸あたりのシャツを片手で触った。

気がつくと夏京くんの自転車はもう目の前にあった。

夏京くんが自転車をひき、わたしはその隣《となり》を歩く。

水面のオレンジはすっかり影《かげ》をひそめ、夜の帳《とばり》が下りている。川面《かわも》からの風が吹きわたり、一瞬《いっしゅん》、熱帯雨林を思わせる濃《こ》い緑の香《かお》りが鼻腔《びこう》をくすぐる。

夏の香り、夏京くんの香りだった。


次の日もその次の日も、わたしはなんだか上の空だった。日常が、考え事の上滑《うわすべ》りをしていく。そのわりに何を考えているのか自分でよくわかっていない。気がつくとわたしの思考は身体《からだ》から抜《ぬ》けて、夕暮れの河川敷《かせんしき》にぽつんと佇《たたず》んでいたりする。

昇太に夏京くんが野球を教えてくれたあの日から、わたしはおかしい。

昼休みに窓際《まどぎわ》で美月やすみれと話していると、下の校庭から男子の笑い声が上がってくる。昼休みの校庭なんておびただしい数の生徒が、円陣《えんじん》バレーやバスケをやって遊んでいる。

わたしはその中からひとつの音を拾いあげる。間違いなく今声をあげて笑ったのは夏京くんだと確信する。確信したそばから、そんな自分のことをバカじゃないのかと、頭をぽかぽか叩《たた》きたくなるのだ。この人数の中からたった一人の声を聞き分ける。それは神業《かみわざ》だ、まさに！

夏京くんがいるわけないと、二階の窓から外を覗《のぞ》き、この教室のほぼ真下に位置するバスケコートで、彼がクラスの友だちとバスケをして遊んでいるのを発見する。あまりの驚きに貧血を起こしたかのように、頭がくらあっと、ぐらつく。

「心南、ここ二、三日なんかおかしいよね。今日部活あるけどどうする？　やめとく？」

美月が心配してそう聞いてくれる。

わたしと美月はテニス部でダブルスを組んでいるのだ。大会だってあるんだし、わたしが休めば美月だって少なからず練習に支障が出る。

「いや、ちゃんと出るよ」

昇太と夏京くんはもうだいぶ仲がよくなったみたいだし、次の日曜日の練習にはわたし、ついていかなくてもいいかな。

わたしがやるわけでもないから、河川敷で二人の野球を見ているだけだ。それでも不思議とまったく退屈《たいくつ》じゃない。だから行くことは苦じゃない。

でも見ていることが退屈じゃないとわかる前も、赤の他人の夏京くんが昇太に野球を教えてくれているのに、姉のわたしが何もしないなんて申し訳なくて、誰から頼《たの》まれたわけでもないのに河川敷まで同行した。

こういうところが、わたしが何に対しても気のまわし過ぎだと美月から言われるゆえんだ。相手が口に出していないことまで先読みし、自分自身の心労を募《つの》らせていく。

対して夏京くんはいらぬ先回りをしない。もとある事実から引くことも足すこともない彼の思考はシンプルでまっすぐだ。それがとてつもなく眩《まぶ》しい。自分にないものだからだろうか。

あのチャラい見かけからはちょっと想像がつかないけど、優しいだけじゃなく、人として優《すぐ》れているように思う、夏京くんは。

最初、わたしは夏京くんへの告白を口にした美月の心配をしていた。でも今だったら逆に、「夏京くんのために軽はずみに告白するのは止《や》めてあげて」とお願いしたい。

今のところ、夏京くんは、女の子が去っていくことで哀《かな》しい思いはしていないようで、それは救われているんだろう。サッカー部の男子と一緒《いっしょ》にいることが楽しくてたまらないらしくて、たぶんその考えは間違《まちが》っていない。でもそれだけが、最高の青春だとはどうしても思えなくて……。

わたしだって、透明でまっすぐな最高の恋愛《れんあい》を知っているわけじゃない。言ってみればその逆だ。

だけど、好きな人から好かれていると感じたあの瞬間の気持ちは、何にも代えがたいほどの幸せなものだった。たとえそれがどんな結末に終わろうとも、少なくとも自分が感じたその感覚だけは本物だ。それがリアルな現実としてずっと続く人たちだって大勢いる。

わたしもまだ本当は知らないかもしれないそんな真実の恋愛を、夏京くんには知ってほしい。優しさと勇気をあわせ持つ夏京くんは、それを知る価値のある人だ。

夏京くんと向き合おうとしている、夏京くんとつり合うような、誠実で真面目《まじめ》できれいでかわいくて性格がめっちゃよくて頭も運動神経もいい、それで人望もある女の子が、どこかにいないものかな。

放課後になってテニス部が始まっても、わたしはいつのまにかそんなことをごちゃごちゃごちゃ考えてしまっていた。そんな自分にびっくりする。

いつもはテニスボールを追っている時だけは何も考えずに済むのに、頭の中がほぼ夏京くん。初心者でもないのにボールを空振《からぶ》りする、という奇怪《きかい》な現象にテニスコート中がしーんと静まり返る。

でへ、とごまかし笑いをするしかない自分が心底情けない。

美月とすみれに、さんざん今日の心南はおかしい、と首をかしげられながら校門を出る。

女子テニス部が最後だったみたいで、校務員のおじさんが校門に鍵《かぎ》をかけていた。

あたりはすっかり暗い。いつもはもっと遅《おそ》くまでやっている部活もあるけど、今日だけは一斉《いっせい》下校になったらしい。

今晩、夏には一足早くこの町で小規模の花火大会があるのだ。小規模といえども歴史は古く、町に根付いた季節行事で職員もほとんど帰ってしまっている。

「一番星ー」とすみれが指さしたところでわたしのスマホが鳴り出す。

「おおっとー」

スクールバッグのポケットからスマホを取り出してみると、着信は夏京くんからだった。

心の中で、うわ！　と声をあげる。

昇太がらみの一連の事件から夏京くんと連絡先《れんらく》を交換《こうかん》したことは、美月にもすみれにもまだ報告していない。でもおりを見て話すべきだと考えてはいる。

特に夏京くんのファンだった美月には、チャラ男ではありませんでした、と訂正《ていせい》するべきなんだけど、そうすると、今までの夏京くんの女の子関係——三か月続かない、とか振《ふ》られることが多い——にも、少なからず触《ふ》れなくちゃならなくなる。

それって、プライバシーの侵害《しんがい》なんじゃないかとためらっているのだ。うまい伝え方を頭の中で整理できてからのほうがいい。

わたしに通話の着信があったことで、美月とすみれは先を歩いていった。

『おう、心南か？』

「うん」

『今どこ？　まだ学校の近く？　今日テニス部ってあったよな？』

「あったよ。今校門出たとこ」

『マジか？　遅いよな。校門って閉まった？』

「うん。わたし達が出たのと同時に校務員のおじさん、鍵締《し》めたよ」

『まーじーかー!!』

「何？　どうしたの？」

『英語の中間レポートやんなくちゃと思ったんだけど、どこ捜《さが》してもねえんだよ。期限が明日《あした》だろ？　そんで、教室の机の中に入れっぱなしだったと今気がついた』

「えっ！　あれってないと評価つかないって脅《おど》されてない？」

『脅されてる……ってかほんとに脅しなのか？』

「わかんない」

うちの高校は一応有名大学の付属校だ。外部を受験する一部の生徒以外が、提出物やテストで一番心配するのは、早律大学に内部進学できるかどうか、なのだ。

『うーわ、俺終わったわ。校務員のおっちゃんってマジ融通利《ゆうずうき》かねえんだよ。杓子定規《しやくしじようぎ》が服着て歩いてんのかってくらい……』

「夏京くん、こんなとこで終わってる場合じゃないよ。絶対机の中に入ってるんでしょ？　どうにかしよう」

そこでだいぶ先を歩いていた美月が振り向いて大声を出した。

「心南ー！　友だちー？　まだかかりそうー？」

必死すぎていつのまにか前のめりになってスマホを耳にあてていた姿勢をしゃんと立て直し、言葉を返す。

「ごめん、美月、すみれ、これから友だちがこっちに来るかもだから、先に帰って」

「えっ。心南、花火大会は？」

この後、帰りがけに三人で花火大会を見に行こうと約束していたんだけど、それどころではなくなってしまった。

「ごめん！　ほんっとにごめん！　友だちの一大事で……」

「……真彩？」

少し間隔《かんかく》を空けて美月が聞いた。いつもいるメンバーじゃないとなると、真彩のセンが一番濃《こ》いと思ったようだ。真彩に何かすごく困ることが起こったのだと、美月は解釈《かいしゃく》したらしい。

説明している時間もなかったから、わたしはとりあえずうなずいた。かすかに、美月の表情が曇《くも》った、かもしれない。美月だけは、わたしと真彩の、ちょっと複雑になってしまった関係を知っている。

「わかった。それじゃ仕方ないね」

カラッとした声でそう返すと、美月はわたしに手を振った。

ごめーん、と心の中で謝り、遠ざかる二人の背中を見送る。

昇太のことであれだけお世話になっている夏京くんのことを、ここで見捨てるわけにはいかない。と言っても、何もできることはないかもしれない。もしかしたら花火大会で先生たちまでみんな帰ってしまっている可能性もある。

先生であれば、あの英語レポートがどれだけ内部進学に影響《えいきょう》するのかわかってくれる。だけど万が一あの堅物《かたぶつ》の校務員のおじさんしか残っていなかったら万事休《ばんじきゅう》す……とわたしまで頭を抱《かか》えて座り込みそうになった。

「心南」

「あっ！」

どのくらいわたしはそうしていたんだろう。本当にその場に座り込んでいたみたいだ。ひらめいた瞬間《しゅんかん》と、名前を呼ばれて立ち上がったタイミングがばっちり合ってしまった。目の前には夏京くんが制服姿で立っている。

「なんだよ、いきなり！」

「思い出したよ、夏京くん。学校、入れるかもしれない」

「は？」

「こっち！　こっち来て！」

わたしは夏京くんの制服のワイシャツのままの腕《うで》を、がっしりと掴《つか》んだ。もうブレザーの季節は終わったのか、と今さら場違《ばちが》いな考えが脳裏《のうり》をよぎる。

校門の前から塀伝《へいづた》いにほぼ半周まわる。体育館の裏あたりが公園になっていて、わたしたちはそこに来た。

「見て見てここ！」

地面に近い位置を指さす。暗くてよく見えないけど、緑の金網《かなあみ》が一部破れているのだ。

体操部の子数人が、ここから夕方忍《しの》び込んで、次の日にあった試合で使うレオタードを取ってきた、という話を思い出したのだ。一年近く前の話だ。でも直されていないならまだここから入れるかもしれない。

「どこだよ」

「あったあった、ここだよ」

膝《ひざ》くらいまで長細く金網が破れている。わたしは膝をついてその場にしゃがみ、破れた金網部分を手で引き伸《の》ばした。固くて少ししか開かない。

「いや、普通《ふつう》に考えて無理だろ」

無理かも、と思うほど金網の破れは小さかった。

体操部は小柄《こがら》な子が多いのだ。とりあえず夏京くんがここを抜《ぬ》けるのは絶対に無理だ。わたしならなんとかなるかもしれない。わたしは金網を、さらにどうにか広げようと試みた。

「心南、気持ちは嬉《うれ》しいけど、俺そこ絶対通れねえよ。それなら校門乗り越《こ》えたほうがぜんぜんはえーもん」

「そうだけどさ。正門は駄目《だめ》。裏門も北門も駄目だよ。全部監視《かんし》カメラついてるって」

「げー！　いらぬところに金かけやがって」

うちの高校はわりと監視カメラが多いとの噂《うわさ》もある。少なくとも門には絶対についている。

「ここくらいだよ、ついてないのが確実な場所って」

「そりゃそうかもしれないけど……」

夏京くんはわたしの視線の先とは逆に上のほうを見上げた。フェンスを越えられないかと考えているんだろう。

フェンスの高さは三メートル以上もある。一番上が斜《なな》めに傾《かたむ》いた仕様のうえ、有刺鉄線《ゆうしてつせん》まで張ってある。ここの防犯にも抜け目はない。

「夏京くんのクラス、二年三組だよね？　そんで机の場所って……廊下側《ろうか》だったよね？　廊下側の後ろから二番目だっけ？」

「そうだけど。よく知ってんな」

そうだな、わたしなんで知っているんだ？

「ここで待ってて。ちゃんと取ってくる」

身体《からだ》をひねりながらわたしが挑戦《ちょうせん》してみたら、少し無理をすれば金網の破れから中に入ることができた。

「おい！　心南っ！」

夏京くんの怒鳴《どな》り声をしり目にわたしは猛然《もうぜん》と走り始めた。

体育館の裏側の隅《すみ》のほうだから、すぐ校庭に出られた。校門以外にも監視カメラがあったら終わりだな、って考えが脳裏をよぎったけど、そのまま昇降口《しょうこうぐち》で上履《うわば》きに履《は》き替《か》え二階に上がる。いやなことに二年三組は廊下の一番奥なのだ。

校務員さんが校門の鍵《かぎ》も締《し》めていたし、この町伝統の花火大会だし、先生たちはみんな帰っていると思うけど、万が一ってことがあるから、音がしないように廊下を歩く。

ひたひたひたひた。

自分の靴音《くつおと》が誰《だれ》もいない月明かりだけの校舎に響《ひび》く。

映像でしか見たことがないけど、夜の校舎って本当に昼間とはまったくの別空間なんだな。昼間の〝ここが自分の居場所〟的な圧倒的《あっとうてき》なホーム感に比べて、今はアウェイそのものだった。どこの世界に迷い込んだんだよ、と身を縮めるほどに、ただただ気味が悪い。

早く夏京くんの英語の中間レポートを回収して戻《もど》ろう。

やっとついた二年三組の教室に飛びこむと、夏京くんの机に取りすがってへたりこむ。

めっちゃ怖《こわ》い。怖い怖い怖すぎる！

早く……早く、一刻も早く戻ろう。

わたしは夏京くんの机の中に手を突《つ》っ込んだ。

「もうっ！　なんだよ、これは！」

いろんな教科の教科書やノートに謎《なぞ》のプリント類が雑然と詰《つ》め込まれていて、それが雪崩《なだれ》のようにくずれ落ちて床《ゆか》に散らばる。どれが英語の中間レポートだかわからない。

わたしはスマホで灯《あか》りをつけた。どうにかやっと見つけた英語のレポートを制服のポケットに入れると、床からかき集めた教科書やプリント類を机の中にいっしょくたにぶちこんで立ちあがった。さあ、早く出よう。

たったったったっ。

え？　何今のは。誰かが廊下を走る音がする。しかもこの教室にどんどん近づいてくる気がする。

気がするだけじゃない。確実に走るような足音は大きくなっていった。誰？　先生？　先生ならどんなにいいか。監視カメラに映ってここまで来てくれた、とかのほうが……実体のない、ゆゆゆゆ幽霊《ゆうれい》なんかよりよっぽど……。

この教室の前で一度足音が止まった。

わたしはしゃがみこんで両手で自分の頭を抱えた。

「いやだあああーぎゃあああー。ごめんなさい。もうしません。まだあと少しは生きていたいです。わたし彼氏もできたことないし、来週には友だちとかき氷のオープン——」

「心南、落ち着け！　俺だよ！」

頭を、手のひらで包むようにぽんっと押された。おそるおそる見上げ、わたしは身体中の気が緩《ゆる》んで流れ出してしまうような感覚を覚えた。

「か、夏京くん……？」

「そうだよ」

「こここ、腰《こし》が抜けた」

「見たところそんな感じだな」

夏京くんはわたしの腕を無造作に取ると、引っ張り上げた。

「どうやって入ってきたの？　あそこの穴、潜《くぐ》り抜けるの無理じゃなかったの？」

「無理だよ。あの場所のフェンスを登ったの」

「えっ。三メートル以上はあったよね？　しかも上方有刺鉄線だったでしょ？」

「心南ひとりに俺の宿題を取りにいかせるわけにはいかねえだろ？」

夏京くんはわたしに、制服の腕《うで》の部分を見せつけるように前に出した。かぎ裂《ざ》きができて肌《はだ》が見えていた。

「あー、制服が……。心配かけてごめんね。でもありがとう。もう夜の校舎がこんなに怖いものだなんて知らなかったよ。ピエロが斧《おの》持って出てきそうな雰囲気《ふんいき》満載《まんさい》だったもん」

「なんだその、ピエロが斧ってイメージは」

「ピエロ怖い。笑ってるのか怒《おこ》ってるのかわかんないもん」

「それはきっと、心南が喜怒《きど》哀楽《あいらく》がはっきりしてるタイプだからかもな。心南の笑ってる顔、めっちゃかわい……」

「え？」

「かわいそう」

「うるっさいっ！」

膝の後ろ側をけっ飛ばした。

「あった？　英語のレポート」

「あったよ。これだよね？」

わたしはさっき回収した英語のレポートをポケットから出して夏京くんに見せた。

「おお、それそれ、ありがと。マジで助かったわー。行こうぜ心南」

「うん」

足を前に出そうとしたのに、上履きの底が床に貼《は》りついている気がして動かない。不思議に思って視線を膝《ひざ》に落とすと、そこは小刻みに震《ふる》えていた。

「心南？」

「う……うん」

夏京くんが来てくれたことで気持ちは急激に安堵《あんど》したけれど、たぶん身体がまだうまく機能してくれていない。

「ほら、しっかりしろよ。さっきの威勢《いせい》はどうしたんだよ」

夏京くんがわたしの手を取り自分のほうに引っ張った。わたしの足は簡単に床から離《はな》れスムーズに移動する。

あんなに危ないフェンスを登ってここまで来てくれたのかと思うと、ふわっとやわらかい気持ちになった。ああ、でももともと夏京くんの忘れ物か。

「びっくりするよ。ホントにこの暗闇《くらやみ》の中、あのフェンスを登ったの？」

「そりゃこっちのセリフだろ！　こんな奇天烈《きてれつ》な女っているのかよ。金網《かなあみ》くぐり始めた時はマジで言ってたのかこいつは、頭大丈夫《だいじょうぶ》か？　って疑ったぞ」

「だって必死だった。あのレポート出さないとすんなり大学に行けないかもしれないんだよ？」

「だな。飽《あ》きねえな。心南といると」

「わたしもだよ」

廊下《ろうか》に出た時、大きな窓から夜空に、蛇《へび》のようなものがひゅるひゅるとまっすぐ昇っていくのが見えた。次の瞬間《しゅんかん》、その先頭が大きな音を立てて弾《はじ》け、闇《やみ》に鮮《あざ》やかなまんまるの火の花を咲《さ》かせた。そしてきらきらと白く煌《きら》めきながら消えていく。

「花火大会だったな」

「そうだ。すごいよね。特等席みたい」

わたしは思わず窓際《まどぎわ》に走り寄り、窓枠《まどわく》に両手をかけた。窓を開けてみたいけど、さすがにそれは危ない。

「心南」

花火を眺《なが》めていたわたしの後ろから、声がかけられたので振《ふ》り向いた。

「なに？」

夏京くんがわたしの隣《となり》に来て、同じように夜空を見上げる。連続で花火が弾けた。

「マジでありがと。すっごい照れくさいけど、これはちゃんと言っときたい。俺のためにここまでしてくれたの、めっちゃ感動したよ」

「それは嬉《うれ》しい。だけど夏京くん、忘れてない？」

「何を？」

「わたしだけじゃなくさ、うちの家族、結城家は、すごくすごく夏京くんに感謝してるってこと」

「それって昇太のこと？」

「そうだよ。見ず知らずの小学生を助けてくれただけじゃなくて、昇太の長所を考えて昇太が輝《かがや》ける場所を一緒《いっしょ》に探そうとしてくれてるでしょ？　今の昇太にとって夏京くんがどれだけ頼《たの》もしい存在なのかを考えたら、英語のレポート取りに行くなんて、なんでもないよ」

「それはないだろ。一歩間違《まちが》えれば心南だって捕《つか》まるとこだぞ。……てか、そこまで感謝されるのも、俺としちゃあ、むずがゆいってか、後ろめたいってか」

「え?」

「俺さ、三人兄弟の末っ子なのな。上二人は姉ちゃんでさ」

「ふうん」

なんとなく男の子兄弟がいるイメージだったよ。

「実はさ、昇太と同じくらいの子、特に男の子に、けっこう思い入れがあるっていうか……」

「えっ!!!!」

飛び退《すさ》るように夏京くんから身を引いたことで、盛大なため息をつかれた。

「何を考えてんだよ。そういうことじゃなくてな」

夏京くんは呆《あき》れたように呟《つぶや》くと、垂れた頭の裏を二、三度片手でわしゃわしゃと掻《か》いた。照れ隠《かく》しみたいに見えてなんだかかわいい。

「じゃ、どういうこと?」

「弟が、できるはずだったんだよ。昇太と同じ歳《とし》の男の子を、俺の母さんは流産してるの」

「中期に入って、性別がわかった直後だった。突然《とつぜん》の出血で流れちゃってさ。俺、上二人が姉ちゃんだから、同性の兄弟ができるの、めちゃくちゃ楽しみにしてたんだよね」

「そうだったんだ」

「今でも家族でその子のことも墓参りするから、今生きてたら何歳だな、とかそういう意識があるんだよね。昇太は弟と重なるところはあるかな。弟が生まれてたら、こんな感じだったのかな、って不思議な気持ちになることはある」

「そうか」

でも、今ならわかる。それがなくても夏京くんは、きっと中学生が小学生を取り囲んでいたら助ける人だよ。見殺しにしないと確信できる。

夏京くんを外側からしか見ていなかった頃《ころ》は、へたに運動神経や容姿に恵《めぐ》まれたせいで、ただチャラいだけの人間に育ってしまった残念な生き物かと思っていた。それが〝人は見かけによらない〟を地でいくような大きなギャップだったけど、そんな夏京くんだからこそ、まともな恋愛《れんあい》をしたことがないと知った時は悲しかった。

わたしは、もしかしたら片想《かたおも》いしか知らないのかも、と思うけど、それでも人を好きに

「……」

なれた感覚やその人と一緒にいた時の幸福感は、言葉じゃ言い表せない。夏京くんがそれを知らないなんてもったいなさすぎると、自分でもしつこいと思うくらい考えてしまうのだ。

「なんか、言っちゃったら楽になったよ。俺のほうの複雑な気持ちもあったのに、過剰《かじょう》に感謝されるのもこそばゆかった」

「そうだったんだ。だって自分の部活ですごく忙《いそが》しいのに、誰《だれ》が好き好んで小学生の野球指導なんて、って思うよ」

「いいのー。俺自身、昇太の役に立てるのが嬉しいし楽しい。自己満足かもしれねーけど」

「それはない」

「行くか、心南」

「うん」

万が一見つかりでもしたら目も当てられない。ずっとここで花火を見ていたいけど、早く学校から出なくちゃならない。わたしたちは窓枠から離れた。

来た時と同じように、目の前には延々と真っ暗な廊下が続いている。さっきまでは、いきなりホラー映画に突《つ》っ込まれたような感覚で、一刻も早くここを立ち去りたい一心だったのに、今はまるで逆だった。夏京くんと並んで歩く夜の廊下は、わくわくするような魅《み》力的《りょくてき》な空間に変わっている。

「ちょっとこんな経験できないよな」

「ね！　すごく得した気分」

廊下の片側にあるずらりと並んだ窓からは、次々に花火が打ちあがる光景が映し出されている。そのせいで廊下は赤や青にちらちらと浮《う》かんだり沈《しず》んだりしている。誰もいない夜の遊園地みたいだ。

楽しかった。二人で廊下を歩いているだけなのに、お腹《なか》をかかえてケラケラ笑い出してしまいそうなほど心が弾《はず》んだ。

ここのところ沈み込む出来事が連続していたせいで、心の底から楽しいと感じる神経がどこか麻痺《まひ》していたような気がする。自分と、目の前で繰《く》り広げられる日常との間に隙間《すきま》が空いてしまっていた。

沈み込む出来事のひとつは、言わずもがな昇太に元気がなかったことで、それは夏京くんが取り払《はら》ってくれた。

だけどそれだけじゃない。夏京くんと知り合ってからの毎日は、色も匂《にお》いもくっきりと鮮明《せんめい》だった。わたしをとり巻く世界の色のトーンが、確実に何段も明るくなった。

わたしが緑のフェンスに開いた穴をくぐり、夏京くんはフェンスをよじ登ってそこから飛び下り、再び公園に戻《もど》ってきた。

夏京くんがわたしを家まで送ってくれる。魔法《まほう》が解けてなくなってしまうようで、いつまでも家に着かなければいいのに、といつのまにか願っていた。

3 真夏の雷雨

朝起きてみたら、真っ青な空に雲一つない快晴だった。梅雨《つゆ》が明けたら一気に暑くなる。日本の気候ではこういう日が一番快適かもしれない。鼻歌まじりに洗面台を使っていると、昇太が隣に来た。

「昇太、もうすぐテスト一週間前になるからね？　そしたら一度夏京くんの野球特訓はストップね」

「はいはい。残念だね、姉ちゃん」

「なんでよ？　そう毎回毎回ついていかないよ、わたし」

「ついてきたじゃん。そう言いながらこの間も」

「ヒマだったの！」

もう心配はないと言えばない。しかしやっぱりどうにも申し訳ない気がして、この間の日曜日も夏京くんと昇太の野球練習についていってしまった。

「陸哉兄ちゃん、いい男すぎて、姉ちゃんにはもったいなくて」

ここで昇太がため息を落とす。

「願い下げです」

恋愛の最長記録が三か月なんて男子は、わたしにはハードルが高すぎだし、第一そんな人を振《ふ》り向かせるだけの力なんてない。

そう思ったら、昇太の言う〝いい男〟ってワードが刺《さ》さった。胸に直撃《ちょくげき》。

夏京くんに間違《まちが》った恋愛観が根付いてしまったのをどうにかできないものかと、最近とみにその部分の思考が堂々巡《どうどうめぐ》りしている。心底もったいないし、不憫《ふびん》だ。

こじらせ女子、って言葉があるけど、あれはそれの男子版、まさにこじらせ男子だよ。

自分で気がついていないうえに、太陽みたいに明るくて性格のいい、不可思議このうえない恋愛こじらせ男子だ。そもそも夏京くんの場合、恋愛までいっているのかどうかが、すでに疑問なのだ。

「姉ちゃん最近機嫌《きげん》いいもんなー」

「そーお？」

それは昇太が元気になったからです。年の離《はな》れた弟で、わたしはもしかしたらブラコンかもしれない。昇太がいなかったら……と思うと同時に、生まれることができなかった昇太と同じ歳《とし》の夏京くんの弟のことを考えてしまう。

高校に行く支度《したく》が終わって玄関扉《げんかんとびら》を半分くらい開けたところで、わたしはすぐにばたんと閉め、上がりがまちに座り込む。わたしと同じタイミングで来栖が、斜《なな》め前の門扉《もんぴ》を開けたところだったのだ。

スクールバッグを膝《ひざ》の上で抱《かか》え込み、腕時計《うでどけい》とにらめっこ。そこで後ろから声をかけられた。

「今来栖くん、見えなかった？」

ママだ、いたのか。やばいな。

「いなかったよ？　来栖、朝練じゃないかな。今日わたし、美月たちと待ち合わせしてたんだよね。今出るとかなり待たなくちゃならないから、あと十分たったら出るよ」

「ふうん」

「一度戻ろうかな」

ローファーを脱《ぬ》いで、わたしは玄関から直線のダイニングの扉を開けた。

ママはわたしがずっと来栖を好きだったことを知っている。でも、だからこそ振られたことは言いにくくて言っていない。この問題も、いつかはどうにかしなくちゃならない。

一日、つつがなく高校生活を送り、部活も終えた。今日は美月もすみれも体調不良で部活を休んでしまった。そんな日に限ってあと三人いる高校入学組の仲良しグループが、みんなでコンサートに行ってしまっている。中等部からの付属組ばかりで構成された他《ほか》の部員の輪に、現在わたしはまだ入る元気がなくて、ひとりで荷物をまとめて先に校門へ向かう。

「心南、一緒《いっしょ》に帰ろうよー」

そう真彩が声をかけてくれたのを振り切るように「ごめん、急ぐの」とさえぎって校門にダッシュする。

校門前であたりを見回し、大丈夫《だいじょうぶ》かな、と外に出る。いつも一緒にいてくれる美月とすみれの存在が、ものすごくありがたいものだと実感する。

今日、校庭を使っていたのはテニス部だけだ。

夏京くん属するサッカー部は全国レベルだけあって、専用グラウンドが道路を挟《はさ》んで向かい側にある。ロッカールームまでそっちについているらしく、サッカー部の子は部活の前後もそこで着替《きが》えて直に帰っている。夏京くんと仲良くなってから知った情報だ。

駅のほうに歩き出そうとした瞬間《しゅんかん》だった。

「心南！」

うわ！

眉間《みけん》に寄ったしわを手のひらで強く押さえこみ、呼吸を整えて振り向くと、そこには案の定、隣《となり》の高校の幼なじみ、鈴代来栖が立っていた。こうならないようにちゃっちゃと出てきたのに、タイミングが悪い。

「今、帰りなんだね、来栖」

「そう。心南んとこのテニス部と月曜日は同じだろ？」

「うん、そうね」

「この後さ、真彩と待ち合わせしてるんだよね。心南も一緒に帰ろうよ」

「あ……ありがと。えっとね。今日このあと、中学の友だちと会うんだ。急いでる……」

「あっ。ちょうど来たぜ。真彩ー！」

ぞろぞろと、テニス部の女の子たちと一緒に真彩が出てきた。頭を抱えたくなる。

「来栖、おまたせー！」

真彩は満面の笑《え》みに小走りでこっちにやってきた。まわりのテニス部の女の子にからかわれながら、これ以上ないほど幸せそうな顔をしている。

「ほら来たぜ。どうせ方向同じなんだから一緒に帰ろうぜ。今日、僕ら、どこも寄らないから。僕の高校、明日《あした》もテストでさ」

来栖の高校、教門《きょうもん》高校は都立の超《ちょう》ハイレベル校。テストもしょっちゅうあるらしい。

わたしは渾身《こんしん》の演技で腕時計に視線を落としながら口を開いた。

「えっと、ほら、さ、さっき中学の友だちと待ち合わせって言ったでしょ？　勘違《かんちが》いで早く出ちゃったみたい。まだ時間があるからわたし図書室寄っていくわ。返却《へんきゃく》期限が今日までだったかも」

「真彩お似合いー」

「駄目《だめ》だよ心南、邪魔《じゃま》しちゃー」

そんなことを口にしながらテニス部の面々はわたしと来栖と真彩の横を、ぞろぞろと通り過ぎて行った。

わたしだって邪魔なんかしたくないってば。だからこうやって逃《に》げ回っているんだよ。

朝、ママに対して使ったのとほぼ同じ、時間調整のためだという言い訳をし、来栖と真彩の側《そば》から離れようとしているのに、いったいどうしてこうなる！

「そうかあ」

来栖が、ほんの少し乱れた髪《かみ》に手をやりながら答える。相変わらず罪なくらい爽《さわ》やかです。

「じゃあ、今度あらためて三人でご飯行きたいなー」

無邪気《むじゃき》にわたしに笑顔を向ける真彩。真彩はようやくそういう表情ができるようになった。それも全部来栖のおかげなのだ。

「うん。今度あらためてね」

わたしは手を振る真彩にそう答えて、同じ動作を返した。やっと来栖と真彩はわたしに背を向けてくれた。肩《かた》に十キロの荷物を載《の》っけられたような気分だ。

……来栖の意図がわからない。なぜこんな残酷《ざんこく》なことをするのか、ぜんぜんわからない。わたしが逃げ回っていることにだって、絶対に気がついているはずだ。

「心南」

「…………」

「心南っ！」

「えっ！　あ、はいっ」

われ知らず、わたしはまだ二人の背を見送っていたらしい。そこに声をかけられたから仰天《ぎょうてん》してしまったのだ。

声のしたほうを向くと、スクールバッグを肩にかつぎあげ、怖《こわ》い顔をした夏京くんがわたしを見ていた。彼のまわりにはたくさんのサッカー部男子がいる。サッカー部も今終わって校門の正面にある専用グラウンドから出てきたところなんだろう。一緒になるのは珍《めずら》しい。

「あいつ……」

「え？」

夏京くんは何か呟《つぶや》くと、わたしが見送っていた背中、まだ遠くまでは行っていないそのふたつの背中を目で追った。

「心南の家のすぐ近くに住んでるやつだよな？」

「そう……うん、そうだよ」

いつから見ていたんだろう。わたし、どんな顔を夏京くんに見られていたんだろう。

「陸哉、誰《だれ》だよ？　新しい彼女ー？　またかっわいいのをつかまえたねー。つか、珍しくうちの学校？」

「あ、わたしは、そういうのじゃなくて——」

夏京くんの友だちに勘違いをされそうだったから、説明しようとした時だった。

「来いよ、心南」

「えっ」

いきなり夏京くんに手を握《にぎ》られ、校門の中に引っ張られていった。後ろから男子がはやし立てる声が響《ひび》く。

「図書室に本返しに行くんだろ」

「いや、それは……」

そんなのは口実だよ。うちの高校の図書室はもう終わっている。

どうしよう。何？ どうしたの？ 何が起こってるの？

夏京くんがすごく怒《おこ》っているみたいだ。

部活も終わった校内には、生徒がほとんど残っていなかった。それでも校門に向かう生徒数人とはすれ違う。人の流れをつっきるように速足で歩くわたしたち二人を、みんなが立ち止まり、ぎょっとした表情で眺《なが》めている。

夏京くんは有名人だけど、わたしはその他大勢だ。あたりはうす暗いし、下を向いていればきっと誰だかわからない。わたしは前を歩く夏京くんのかかとばかりを見つめていた。

昇降口《しょうこうぐち》の前まで戻《もど》ってきた時点で、握られている手の力加減に耐《た》えきれなくなった。

「痛いよ、もう！　いきなりなんなの？」

そこで夏京くんは、やっとわたしの手を放した。人気《ひとけ》の失《う》せた昇降口でわたしたちは対《たい》峙《じ》する。

「あいつさ、心南の家の近所のやつだろ？　そんで、今あいつがつき合ってるのはテニス部の女子。もちろん心南の知ってるやつだよな」

真彩がラケットを持っていたのまでしっかり見られていた。

「そうだけど……それがどうしたの？」

心臓がバクバク音を立てて血液を送り出す。

もしかして全部見透《みす》かされているんじゃないかと怖くなる。まさかね。

恋愛《れんあい》に疎《うと》くて、そういう心理もわからない夏京くんに、こんな複雑に絡《から》まった糸の行方《ゆくえ》を見定められるわけがない。そこに糸があることにさえ、きっと気づかない。大丈夫《だいじょうぶ》。

そうは思うものの……変なところで彼は鋭《するど》い。こんなこと、絶対に絶対に知られたくない。

「そういうのが、お前の恋愛なのかよ！」

「え？」

夏京くんが、わたしを〝お前〟と呼んだのは、初めてのような気がする。

「前にお前言ったよな？　俺がすぐ彼女と別れても悲しくない、去って行かれてもなんにも感じないなんて恋愛じゃない、とかなんとか」

「それは、だって、実際そうだよ」

「そうやって、自分にもう心がないやつの後ろ姿をいつまでもじっと見つめてるのが、それがお前の恋愛なのかよ！」

「！」

知られている。

来栖といるところ……いるところ、までいかない、ただの接触《せっしょく》をたった二回見られただけなのに、真彩やテニス部の友だちが気づかないことに、夏京くんは気がつく。

夏京くんに知られたことが、見透かされたことが強烈《きょうれつ》に猛烈《もうれつ》にとてつもなく恥《は》ずかしくなり、わたしの目から大粒《おおつぶ》の涙《なみだ》が転がり出そうになる。あわてて上を向いて涙をひっこませようとしたけど、一度あふれてしまったものはもう戻ってはくれなかった。上を向いたわたしの両頬《りょうほお》を涙が無様に伝い、あわてて後ろを向いた。

自分の涙に気を取られていたら、夏京くんがすぐ側まで来ていた。わざわざわたしの正面に回り込む。それから、ぞっとするほど優《やさ》しく丁寧《ていねい》な手つきで頬の涙をぬぐわれた。

身体《からだ》が動かない、逃げられない。反対の腕《うで》でがっちり抱《だ》きとめられているからだと、遅《おく》れて脳が分析《ぶんせき》した。

「お前にとって恋愛ってのは、こういう、うじうじしてて悲しい、俺が恋愛だと勘違《かんちが》いしてる、とかいうものよりさらに楽しくないものなのかよ」

わたしの顔のすぐそばで、せせら笑うように夏京くんがそう囁《ささや》いた。

「違う。なんでそんなに冷たいこと言うの。見てそれで理解したならわからない？　楽しいことばかりじゃないのは……本気なら、仕方ないことなんだよ」

「本気……ねえ。俺が知らないその本気、って気持ち。心南にそんな顔させるようなものなら知らなくてもいいよな」

「違うよ。わたしは……わたしだって、こういう時ばっかりじゃなかった」

両想《りょうおも》いだった時の幸福感を、無理にかき集めて抱きしめ、言葉にして唇《くちびる》に乗せる。本当に幸せだったんだよ、それが来栖にとって本気ではなかったにしろ。

「へえ」

「あ、わたしだってちゃんと一時期は……」

だめだ、涙でむせ返りそうで上手《うま》く話せない。誰も恨《うら》みたくない。仕方のないことだと、ずっと自分に言い聞かせて耐えてきた。恋愛が不幸な結末ばかりだと認めてしまったら、これから先の未来になんの希望もないと決まってしまったようで、わたし自身が崩壊《ほうかい》してしまいそうだった。そうじゃない。たまたま、今回がうまくいかなかっただけ……。

「ふうん」

冷めた、意地悪な口調は直らない。さらに迫力《はくりょく》に拍車《はくしゃ》がかかったようだ。こんな夏京くんを見るのは初めてだ。どうしてこんなに絡んでくるの？

わたしの恋愛の嫌《いや》な場面を見てしまったせいで、夏京くんは、よけいそれに対して負のイメージを抱《いだ》いてしまったんじゃないだろうか。

「幸せな恋愛だってあるはず。恋愛には、失敗した恋愛の痛みをいやしてくれることだってあるんだよ」

真彩の場合を思い出しながらそう叩《たた》きつけた。

「こっちだって痛《い》てぇよ」

「あっ。ごめ……」

夢中になるあまり、わたしはいつのまにか夏京くんの制服のシャツの両腕《りょううで》をがっちり手で摑《つか》んでいた。肉に爪《つめ》が食い込むほど強い力だったらしい。

「むかつくんだよ！」

手を放したところで勢いをつけて片側の腕をまわし、わたしを振《ふ》り払《はら》った。

「夏京くんには、ちゃんとした恋愛をしてもらいたい。それだけの価値がある人だ」

「いいぜ、心南ちゃん。前向きに考えるよ、約束する」

セリフと裏腹に口調が怖《こわ》すぎて、わたしは言葉を失う。

「………」

「その代わり全部話せよ。あいつと何があった？」

「……話したら、本当に恋愛に前向きになってくれる？　ファンだって子ばっかりじゃなく、夏京くん自身を真剣《しんけん》に見てくれる人と、恋愛をしてほしい」

「約束するよ」

「ちょっと……長くなるかも」

「場所移そうぜ」

夏京くんの後について行く。校門の向かいにあるサッカー専用グラウンドに続く、舗装《ほそう》されていない小道にわたしたちは入って行った。グラウンドの入り口の前にベンチが置いてあり、そこに腰《こし》を下ろす。

家が近所の鈴代来栖。来栖との今までの関係について、わたしは夏京くんに話し始めた。

今から四年ちょっと前、たぶん中学に入ったくらいだろうか、わたしは来栖のことを男子として意識しているんだと気がついた。

来栖は小学校の六年で引っ越《こ》してきたから、幼なじみと言えるのかどうかは微妙《びみょう》なところだ。でも朝、時間が合えば一緒《いっしょ》に登校をする程度には仲がよかった。

中学も三年になって受験が本格化した時期、小学校も中学校も同じだった来栖と、違う高校に通うことになるんだと、わたしはある種の焦《あせ》りを感じ始めた。

憧《あこが》れていた高校はあったものの受験勉強に身が入らなくなり、このままじゃダメだ、と思い悩《なや》んだ。その末の、わたしからの告白だったけど、来栖のほうもわたしに対して曖昧《あいまい》な感情があるということで、高校受験が終わったらちゃんと考えたいと、思いがけずそういう返事がもらえた。中学三年の夏休み前のことだ。

来栖は都立の最難関と言われる教門高校が志望で、わたしは大学の付属の早律大付属高校に進みたいと思っていた。

偶然《ぐうぜん》にも、教門高校と早律大付属高校は隣同士《となりどうし》だった。二人とも晴れて合格できたら、その時は一緒に登校しようと約束もした。つき合うと決まったわけじゃなかったけど、来栖との糸が切れないとわかっただけでわたしは有頂天になり、がむしゃらに受験勉強をがんばった。

そしてわたしも来栖も、ともに第一志望校に合格できた。初めのうちは一緒に通ったこともあるけれど、お互《たが》いに部活の朝練やテストがあったりで、そう毎日一緒に登校していたわけじゃない。

来栖の高校は名門都立だけあって、私大付属であるうちの高校とは比べものにならないほど勉強が大変だったのだ。電車の中でもテキストを開く来栖と、一緒に登校するのが悪いような気がしていた。

高校に入ってからもつき合おうとは言ってもらえず、宙ぶらりんなままの距離《きょり》がわたしは辛《つら》かった。その状態に我慢《がまん》ができなくなった頃《ころ》、わたしはクラスの男子からラブレターをもらった。初めての出来事で舞《ま》い上がって何度も読んだことを覚えている。駅のベンチでその手紙を取り出して感慨《かんがい》にふけっていたところを、来栖に発見された。それが一年も終わりの十二月。

もうダメだと思っていたのに、来栖から思いがけずOKの返事が戻《もど》ってきたのは、その翌日だった。今から思えば、あの手紙が来栖の中の獲《と》られたくないという男子としての闘《とう》争心《そうしん》をかきたて、結果、冷静な判断を欠いたのかもしれない。どっちにしろ待たされ過ぎたわたしは、はっきり返事を聞こうと思っていた時期でもあった。

広報委員会で仲良くなった塚本真彩、真彩はテニス部でも一緒だった。でも真彩は中学から早律大付属で、その頃からの友だちと部活では仲良くしていた。

なのに真彩はなぜかわたしに特別心を開いてくれ、入学以来好きな人のことをずっと相談してくれていた。

それがサッカー部の安藤くん。安藤くんも付属組で、真彩は中等部の頃から長い間、安藤くんのことが好きだったのだ。

さんざん迷い、わたしの後押しもあり、二年に上がる前の春休みに告白をして、真彩は安藤くんとつき合えることになった。

安藤くんは廊下《ろうか》で会うと真彩をからかってきたりして、わたしの目から見れば充分《じゅうぶん》脈ありに見えた。サッカーに関心のなかったわたしは、うちの高校のサッカー部が強いことは知っていても、あちこちに女子高生や女子中学生のファンがいるなんてことは知らなかった。そして何より、そんなにチャラい集団だとは考えてもいなかったのだ。

仰天《ぎょうてん》することに春休みが終わってほんの少ししたら、真彩はあっさり安藤くんに振られてしまった。何年も想《おも》い続け、ようやくかなったと思ったら、それがほんの二週間かそこらで壊《こわ》れてしまった。

真彩は心底ショックを受けた。

見た目が変わるほど体重が落ちてしまい、口数も少なくなった。わたしは安藤くんの人《ひと》柄《がら》をよく知りもしないくせに後押ししたことを、猛烈《もうれつ》に後悔《こうかい》した。でも、おろおろと真彩の側《そば》にいることくらいしかできない。

その頃、来栖の友だちの宇《う》根《ね》くんという子が、わたしと真彩が一緒にいるところを見て、来栖に紹介《しょうかい》してくれ、と言ってきたらしい。

真彩は今、誰《だれ》かとつき合う気になんかとてもならないだろうけど、気晴らしにでもなればいいと思った。そして来栖、宇根くん、真彩、わたしの四人で遊びに行ったのだ。

おかしいと、なぜ思わなかったのか……。

来栖は、わたしとつき合っていることを真彩に知らせないで連れてきてくれ、と言った。

真彩が自分の恋愛《れんあい》で悩んでいる状態が続いていたから、わたしは彼氏ができたことを言いそびれていた。真彩が安藤くんとつき合い始めた頃にはわたしと来栖の関係には秋風が吹《ふ》き始めていたから、つき合い始めの幸せな時期に水をさしたくなくて、そこでもわたしは真彩に来栖のことを言えずにいた。

結局真彩に来栖とつき合っていることは伏《ふ》せた状態のただの幼なじみとして、わたしたち四人は遊びに行った。

そして四人で遊びに行ってから一週間もたたないうちに、わたしは来栖から一方的に別れを告げられ、彼は真彩とつき合いはじめたのだ。

青天《せいてん》の霹靂《へきれき》も最たるものだ。

真彩によると、来栖が安藤くんと別れた辛《つら》さをちゃんと受け止めてくれ、自分の痛みごと受け入れてくれると告白してきたのだそうだ。

友だちにこういうことで傷ついている子がいると、真彩のことはさんざん来栖に相談してきた。もしかしたら、そこから来栖は、真彩に興味を持ち始めてしまったのかもしれない。

わたしたちは別れた。つき合っていた期間は正味三か月なかった。

テニス部で仲がよくなり、一年の頃から一緒にいる美月とすみれだけが来栖との関係を知っている。つき合い始めた時期が一年の冬休みで長期休暇《きゅうか》中だったし、それが終わった頃には、わたしたちの間にはすれ違いが多くなっていた。まわりの友だちに情報がまわる前に別れてしまったというわけだ。

「そんで心南はバカ正直に、塚本真彩に『真彩のつき合ってる子はわたしの元カレよ、真彩に取られたんだよ』って言えずにいるわけか。その来栖って男の思うつぼじゃんか」

「思うつぼ？」

「幼なじみなんだろ？　心南の性格知ってんだよ。今まで恋愛でさんざん苦しんできた真彩って子を傷つけるようなことを、心南がするはずない。自分のことをチクるわけがない、と見透《みす》かされてる」

わたしは唇《くちびる》を噛《か》んだ。意図して来栖がそうしているとは思えない、そう考えたくない。だけどまさに今のわたしはその状態だ。せっかく幸せになれた真彩を傷つけたくない。

「そんな男に親友を託《たく》していいのかねえ」

そこでわたしは夏京くんのほうを向いた。

「そんな男？」

「そうだろ？　心南から一瞬《いっしゅん》で心南の親友に鞍替《くらが》えしといて、涼《すず》しい顔して三人で帰ろうとか、神経疑うわ」

吐《は》き捨てるような夏京くんの口調に、わたしもムキになる。

「夏京くんにそんなこと言う資格ある？　このチャラ男！　チャラ団体！」

「は？」

「もとはと言えば、夏京くんの友だちの安藤くんが、軽い気持ちでつき合って軽い気持ちで真彩をあっさり捨てるからこんなことになるんだよ」

そこで夏京くんはトーンダウンし、思案顔になった。

「……真彩って、あの子か」

「覚えがあるんだ？　夏京くんは安藤くんとかなり仲がいいんだね」

「基《もとい》がうちの高校の子とつき合うの、珍《めずら》しいからさ」

安藤くんの下の名前は基か。そう呼ぶくらい仲がいい。

「うちの高校の子以外の彼女が多いのは、夏京くんもだよね？」

「告ってくる子が、圧倒的《あっとうてき》に外部の子が多いんだよ。俺たちのことを知って好きになってるわけじゃないじゃん？　向こうも気持ちが盛り上がってファン意識を超《こ》えたと思ったタイミングで告ってくるんだろうな。だから冷めるのも早くて、すぐ音信不通になる。練習ばっかりだからデートもできないし、そりゃつまんねえよな、向こうからしたら」

「つまり安藤くんにも罪の意識はないのか」

「たぶんあいつさ、真彩ちゃんが今までの子と違《ちが》うと察したんじゃないの？　だから自分にそれほど気持ちがないのに、つき合ってるのは申し訳ないと思ったんだよ。根は悪いやつじゃない。二週間で自分からわざわざ『別れよう』なんて言いにくいこと切り出さないもん、いつもは」

どんな恋愛なんだよ。というか、恋愛じゃないんだよな、そもそも。全国レベルの厳しい部活の気分転換的《てんかんてき》な感覚なんだろうか。

「あいつその頃《ころ》さ、ホントに好きな子ができたんだよ。てかもともと好きだったんだけどやっと自分の気持ちに気がついて、真彩ちゃんと別れることにしたんだと思うぜ」

「後《おく》れをとったね、夏京くん。安藤くんは高二？　いや高一にしてやっと恋愛を知った、ってことだよ」

「じゃ俺は？」

「どう思う？　夏京くんが振《ふ》った子の中には、真彩みたいに悲しい想いをした子だっているかもしれないんだよ」

「……振ったことは、めったにねえよ」

「来栖のこと神経疑うだのなんだの、言えた義理じゃないよ」

真彩が夏京くんの友だちに傷つけられた、って会話で、一時トーンダウンしていた夏京くんの目つきが、今度は一気に険しくなった。わたしが真彩に来栖のことを告げられずにいることを見抜《みぬ》いた時と同じ、攻撃的《こうげきてき》な瞳《ひとみ》の色に変わっている。

「そんなにあの男がいいのかよ、心南。それは今でもそうなのかよ」

「……そういうんじゃない」

まだ日が浅すぎて心の整理がつかなくて、そう答えるしかなかった。

安藤くんだって似たようなことを真彩にしているはずなのに、来栖の名前に対してだけ夏京くんが過剰《かじょう》に反応するからだ。ここでこんな話をしているのだって、もとはわたしと来栖の微妙《びみょう》な接触《せっしょく》を目撃されたからにほかならない。

「じゃなんなんだよ？　うるんだ瞳《め》で背中を見送るようなことしなくたっていいだろ？」

「ただぼーっとしてただけ……」

「へえ」

「……っていうか夏京くんのほうが……心配……」

来栖のことより、今はなぜか夏京くんのことが心のうちを占《し》めていて、わたしの口から知らず知らずにそんな本音が漏《も》れていた。

「心配？」

「……もったいないよ、夏京くん。すごくもったいない」

「それ、前も言ってたな。じゃあ、賭《か》けようぜ？」

「賭ける？」

「俺は心南の心からあいつを追い出す。心南が俺がまともな恋愛《れんあい》をしないのはもったいないと思うように、俺は心南が脈のないくだらない男に胸を痛める時間がもったいないと思う」

「そ……そうか」

「心南は俺に、お前が言う〝ちゃんとした恋愛〟ってのをさせてくれよ」

夏京くんに、ちゃんとした恋愛をさせる……。できるかな。でももしそれができるとしたら、昇太を救ってくれたこの優《やさ》しい人に、これ以上の恩返しはないんじゃないかと思えた。

夏京くんはたぶんいろんな意味で、幼い頃から恵《めぐ》まれすぎていた。早律大付属の中等部はすごく授業料が高いと聞いたことがある。加えて難関私大の付属中学に入るには、受験準備のためにそれ相応の月謝がかかる塾通《じゅくがよ》いだってしたはずだ。つまりお金持ちなのだ。お金もあり、頭も運動神経もよく、ルックスにだって恵まれている。そこにきて全国レベルのサッカー部のレギュラーなんだから、わんさか女の子が寄ってくるのもうなずける。その結果欠如《けつじょ》してしまったのが、年齢《ねんれい》に見合った、恋《こい》する気持ち。

誤解されやすいだけで、夏京くんはそこらへんの男子よりよっぽど温かい心を持っている。この人に恋する風景を見てほしい。

「しよう！　ちゃんとした恋愛！」

「は？」

「は？　じゃないよ。夏京くんが言い出したんでしょ？『〝ちゃんとした恋愛〟ってのをさせてくれよ』って」

そこで夏京くんはあからさまにムッとした表情になった。

「いいぜ。でも賭けだって言ったはずだよな？　俺が先に〝ちゃんとした恋愛〟をするか。俺が心南の心から、あいつを追い払《はら》うのが早いか」

「いいよ」

そんな名目だけの賭けで、夏京くんが〝ちゃんとした恋愛〟をしてくれるならお安い御《ご》用《よう》だ。

「ったく！　お人よしめ」

なぎ払って蹴《け》っ飛ばすマネで、夏京くんの脚《あし》がわたしの脚に軽く触《ふ》れた。

「どっちが」

結局優しいんだよ、夏京くんは。わたしが来栖を見て苦しそうな顔をしているのがかわいそう、そう思っている。

昇太を助けた時と同じだ。

二人で歩く帰り道、わたしは誰《だれ》なら夏京くんが夢中になれ、本当の恋愛をするだろうか、と思案していた。

わたしが恋愛をさせてみせるなんて豪語《ごうご》したって、人の感情なんだから「この人がいいよ」「はいそうですか」ってわけにはいかない。今までだって、きっと相当自分に自信がある美人ばっかりが、夏京くんに言い寄ってきていたはずなんだから。

今日も夏京くんはわたしを家まで送ってくれた。校門から手を引っ張られて昇降口《しょうこうぐち》に行った時みたいな険悪なムードは吹《ふ》き飛び、学校や部活であったことをベラベラ話しながら帰路《きろ》につくいつもの帰り道。

月が驚《おどろ》くほど美しい強い光を放っていた。

「今日は卒業アルバムのことで、アルバム制作委員の三年生、蘭《あららぎ》さんからお話があります」

放課後の広報委員会の時に、委員長に紹介《しょうかい》された美人を見てわたしは息を止めた。

夏京くんが賭けだのなんだのと言いだした二週間以上前のあの日のことを、彼がどう考えているのかはわからない。

でもわたしのほうはどこかにお似合いの女子はいないものかと、校内をぎょろぎょろと探していたわけだ。サッカーのファンで、夏京くんをそれほど知らない子じゃダメなんだよ、今までと同じになっちゃう、と。

クラスやサッカー部のマネージャー、そういう同じコミュニティーの中に、夏京くんを好きな子は絶対に潜《ひそ》んでいるはずだ。恋愛超《ちょう》初心者の彼は、そういう女子から漏れ出る恋愛オーラをキャッチできるアンテナを持ち合わせていない。

そこでわたしが目を留めたのが蘭先輩《せんぱい》。

「蘭先輩って、サッカー部のマネージャーだよね？　真彩」

黒板の前に立つひとりの先輩をそっと指さして、隣《となり》に座っている真彩に耳打ちする。

「有名じゃん。そう、サッカー部マネの蘭貴子《たかこ》先輩」

「だよね。やっぱりサッカー部の蘭貴子先輩だよね。あとさ、ミス早律大付属ってあの人じゃなかった？」

「そう。去年の学園祭で圧勝だったよ。でもなんで？」

「うん、ちょっとね」

蘭先輩の肩《かた》より少し長い、サラサラロングヘアがまばゆい。キューティクルにささくれ部分は皆無《かいむ》だ、きっと。

おちついた古風な美人さん。自由な校風も相まって染めている子が多い中、蘭先輩の黒《くろ》髪《かみ》は逆に目立つくらいだった。夏京くんと同じ。同じ、自然な色の髪。

実は夏京くんが賭けだと言い出した数日後、サッカー専用グラウンドで彼と、マネージャーらしきあの先輩が、二人で話をしているのを目撃してしまった。美人で有名な人だ。わたしもその先輩のことは知っていた。

よくよく観察していると、夏京くんに好意を持っているようなしぐさや雰囲気《ふんいき》をかもし出している……ような気がしてくる。

でも性格はどうなんだろう。学年が違《ちが》うし、蘭先輩の部活はサッカー部マネでわたしとは接点がない。わたしは蘭先輩の姿を見かけるたびに凝視《ぎょうし》するようになった。

そうしたら昨日、偶然《ぐうぜん》、先輩の性格部分を垣間見《かいまみ》られる決定的な場面に遭遇《そうぐう》してしまったのだ。

うちの高校は駅までの間に公園がある。下校の時、公園わきのガードレール内をひとりで歩いている蘭先輩を発見した。わたしのすぐ前方だ。

と、蘭先輩が、いきなりスクールバッグを放《ほう》り出して猛《もう》ダッシュで公園内に入っていった。

何をしているんだろう、と先輩の走っていく先に視線を向ける。子供が回転させて遊んでいる金属製の球体遊具、グローブジャングルに、一歳くらいのよちよち歩きの幼児が、近づいていってしまっているのが目に入った。

あっ！　と思った瞬間《しゅんかん》、蘭先輩はその子を抱《だ》きかかえてうずくまった。接触《せっしょく》する直前の間一髪《かんいっぱつ》。蘭先輩の動きが一瞬遅《おく》れていたら、幼児は絶対に回転する球体に吹っ飛ばされていたはずだ。

わたしの足はアスファルトに貼《は》りついた。あの人も、夏京くんみたいにとっさに誰かを助けられる人なんだ……。

水の入ったグラスに氷を入れた時のようにピシッと亀裂《きれつ》が入る感覚が、はっきりと心臓のあたりで起こった。

今のは……なんだろう？

……でも間違いなく、あの人と夏京くんは同じ種類の人だ。二人はとてもお似合い。蘭先輩はきれいなだけじゃなく、賢《かしこ》く、優《やさ》しい。

幼児は何事もなく母親のもとに戻《もど》って行った。別の母親と話ばかりしていたその子の母親は、自分の子にそんな危険が及《およ》んでいたことにすら気がついていない。

蘭先輩もスクールバッグを拾って軽く砂を払うと、それを手に何事もなかったかのように立ち去った。

蘭先輩。畏敬《いけい》とか憧《あこが》れみたいなものさえ抱《いだ》くようになったその先輩が、目の前にいる。

わたしは、突然《とつぜん》、委員会という接点を持って現れた蘭先輩に困惑《こんわく》していた。

無事期末テストも終わり、明日からしばらく試験休みに入る。テスト期間中、中止にしていた昇太の野球を再開するにあたり、夏京くんが妙《みょう》なことを言いだしている。

夏休み明けに、昇太たちの野球チームでレギュラー選考のための内部試合があるらしく、それに向けて昇太の特訓合宿を企画《きかく》したというのだ。

場所は夏京くんのお父さんが契約《けいやく》している会員制リゾートホテルだ。そしてその特訓合宿とやらに、保護者としてわたしにも招集《しょうしゅう》がかかっている。

蘭先輩と仲良くなって、夏京くん考案の昇太特訓合宿に一緒《いっしょ》に行けたら素晴《すば》らしいのに、と昨日の夜は妄想《もうそう》していた。

それが今、現実になるチャンス！

だけどさすがにわたしはここで頭を抱《かか》えた。

蘭先輩はミス早律大付属で有名だから、自分が人から知られていることにも慣れているかもしれない。だけど、さすがに、自分のぜんぜん知らない人間から一緒に旅行に行こう、と誘《さそ》われて、二つ返事でうなずくとは思えない。でも一応がんばってみるか。夏京くんのためだ。

〃わたしの弟が、夏京くんに野球を教わっていて、合宿やるらしいんですけど一緒にどうですか？　蘭先輩、サッカー部のマネージャーで、夏京くんのこと知っていますよね？　わたし女子ひとりじゃ心細くて〃とかなんとか声をかけてみる。

不自然か。不自然だな。

委員会が終わって真彩が帰ろうよ、と声をかけてきてもわたしは席から立てずにいた。蘭先輩はまだ委員長と話をしていたからだ。

「真彩、ごめん。今日、先に帰ってくれる？　この後待ち合わせしてるの」

「そう？　じゃあまたね」

美月かすみれだと思ったのか、真彩はそのまま教室から出て行った。

蘭先輩と話していた委員長も、前の出入り口から出て行った。一緒に出て行くものと思っていたわたしはちょっと慌《あわ》てた。話しかけるチャンスがいきなり到来《とうらい》してしまったからだ。

今の話でわからないところがあって……とか、まず何か、話の切り口を探すも、夏京くんと蘭先輩のことばっかり考えていてちっとも聞いていなかったから、わからないところも何も全部がわからない。

机に頬杖《ほおづえ》をついてうーん、と床《ゆか》を睨《にら》んでいると、つかつかとわたしのほうに歩み寄る上履《うわば》きが見えた。

真っ白で清潔感たっぷり。おちゃめな蘭《らん》の花の落書きと一緒に、〃あららぎ〃のひらながが見えた。絶対読めないよ、蘭って書いてあららぎ。でも蘭先輩にぴったりの名前だ。

「……蘭先輩」

さらさらの髪が、揺《ゆ》れるたびに光を発するようだった。かわいいというよりは綺麗《きれい》系統の顔で、俗《ぞく》に言う高嶺《たかね》の花タイプ。

でもこのくらいのお方じゃないと、夏京くんには似つかわしくない。

「わたしに何か用かな？　結城心南ちゃん」

「えっ！」

わたしの名前をご存じでいらっしゃる。

「そんなに熱い視線を送られても、あいにくわたし、女子には興味がないの」

「いえっ。決してそういうことでは！」

「まあいいの。わたしのほうも話があったから？」

「え？　わたしに、ですか？」

「うん。最近、陸哉と仲良くしてる子だよね？　心南ちゃん」

ここでも距離《きょり》の詰《つ》め方が夏京くんと一緒。いきなりの名前呼び。

……そして、すでに夏京くんのことは、さらっとなんの違和感《いわかん》もなく下の名前で呼んでいる。この不穏《ふおん》な胸のもやもやはなんだろう。

「仲良くってわけでは……。おっ、弟が夏京くんに野球を教えてもらってて、その関係で話すことがあるんです。個人的に仲がいいんじゃないんです」

誤解されちゃ大変。というか、蘭先輩《せんぱい》の話ってそういうことだったのか。わたしと夏京くんの関係を疑っている？

校門の前から夏京くんがわたしの手を引っ張るようにして昇降口《しょうこうぐち》に向かったのを、蘭先輩は見ていたのかもしれない。グラウンドから校門前の道路に、サッカー部員がみんなで出てきたところだった。

「ほんとにそれだけなの？」

それだけじゃないと疑っているのか、蘭先輩は眉尻《まゆじり》を下げた。悲しそうな表情さえ絵になる人だ。

「あのっ！」

ええい！　もうなるようになれ！　と口を開いた。

わたしは蘭先輩にすごく憧れていて仲良くなりたいし、夏京くんともうまくいってほしい。もしかしたら蘭先輩はすでに夏京くんのことが好きかもしれない。だったら行動に出るまでよ！

「はい？」

「夏京くんがうちの弟……昇太って名前なんですけど……を誘って野球の特訓合宿やるんですよ。で、よかったら蘭先輩一緒に来てくれませんか？　あ、明後日《あさって》からなんですけど、にに、日程はどうでしょうか？」

蘭先輩はきれいなアーモンド形の目をぱちくりさせた。

「なんでわたし？」

だよね。これじゃわたしはまったくの危ない人。焦《あせ》って単刀直入に話を進めすぎたかも。でももういくしかない。

「え、えっとっ！　わたしも保護者として行くんですけど、女子ひとりでなんか不安だし！　わたしの友だち誰《だれ》も夏京くんとのこと知らないから誘えないし！」

まくしたてるわたしに、蘭先輩はびっくりして目を見開く。でもさすが蘭先輩だ。しばらく小首をかしげて考えた末、にっこり笑った。

「日程は空いてるよ。部活があるから一泊《いっぱく》しかできないはずだよね？　たぶん大丈夫《だいじょうぶ》。ちょっとだけ考えてもいい？」

女神《めがみ》！

そこでわたしと蘭先輩はスマホで連絡《れんらく》先の交換《こうかん》をした。

蘭先輩とは逆方面の電車だったから、高校の最寄《もよ》り駅で別れた。最寄り駅まで十分。おっとりしているけど芯《しん》が強い。そんなひととなりが会話の中にも滲《にじ》んでいるような気がする。向かいのホームで電車を待つ蘭先輩の髪《かみ》が風にさらさらと揺れている。あんな素敵《すてき》な人から好かれていて、あんな素敵な人の魅力《みりょく》に気づかないって……夏京くんの感性はどうなっているんだろう。

どうしてこうなったやら……。

「心南ちゃん、こっちのから揚《あ》げもどうぞー。わたしの自信作よ」

夏京くんの取ってくれたリゾートホテルに向かう電車のボックス席。二人だけで向かい合って座る正面から、蘭先輩が、お重型のお弁当箱をずいっと勧《すす》めてくる。ちょうどお昼時だ。

食べやすいようにから揚げひとつひとつに木製ピックが刺《さ》さり、さらにその一本一本に小さな赤いリボンが結んであるという凝《こ》りよう。どこの料理本の表紙から抜《ぬ》け出てきたお弁当なんだ、これは。

「はぁ……。ありがとうございます」

わたしは遠慮《えんりょ》なくから揚げのピックを一本取り上げた。

「どう？　どう？」

「めっちゃくちゃおいしいです。蘭先輩」

「よかったーあ！」

わたしに笑顔《えがお》を見せるとくるりと体勢を変え、横を向いてそこにいる人に声をかけた。

「陸哉も食べて！　えーと、昇太くんと、ついでに基も」

蘭先輩は隣《となり》のボックス席に座っている夏京くんと昇太と、そして——なぜなんだ、なぜこの人がいるんだ！——の安藤くんにお重型お弁当箱を差し出した。安藤くんの名前、昇太、基も呼び捨てなんだ。

わたしは夏京くんの毒味で安藤くんは〝ついで〟ですかい。

「貴子のから揚げ、最高だよな。めっちゃうめえ」

ついで扱《あつか》いされても安藤くんは蘭先輩のから揚げにご満悦《まんえつ》。

横並びのボックス席ふたつのうち、ひとつにわたしと蘭先輩。横のボックス席には昇太、安藤くん、夏京くん。

目的の駅に着いた時、電車を降りながら夏京くんの隣に寄ってそっと話しかける。

「もう！　どういうわけで安藤くんまで来てるの？　あの人真彩をこっぴどく振《ふ》ったんだよ？　そりゃ、男女のことだし、気持ちがないのに引っ張るよりよかったんだろうけど、わたしとしては超微妙《ちょうびみょう》だよ」

「心南が貴子先輩を連れてくるとか連絡してくるからだろ！　こっちだって基までいきなり来るとか、面食《めんく》らったよ」

そういうことか。安藤くんのターゲットは今、蘭先輩に向いている。

夏京くんが以前話してくれたのを思い出した。真彩と二週間という短期間で別れた原因は、安藤くんが〝ホントに好きな子ができたと気がついた〟からだ、と。

つまりその相手というのが蘭先輩だ。サッカー部の中でもどうやら夏京くんと安藤くんは仲がいいらしいからすぐ情報を察知してしまい、二人じゃないとはいえ蘭先輩と旅行に行くことになったと聞いて焦ったんだろう。

蘭先輩の好きな人は夏京くん（推測）。夏京くんの親友、安藤くんが好きな人が蘭先輩（推測）。

夏京くんの蘭先輩に対する気持ちはよくわからないけど、少なくとも好意のほうに寄っているには違《ちが》いない。夏京くんは蘭先輩くらいの人じゃなきゃ、心を動かされないと思う。

糸がまたもや絡《から》まりまくっている。

「はぁ……」

困惑《こんわく》のため息が、大人数面倒《めんどう》だな、に聞こえたのかもしれない。夏京くんがとりつくろうように口を開いた。

「まあ、俺たちはふだん泥《どろ》くさぁーいグラウンドの土埃《つちぼこり》にまみれてるから、基にも爽《さわ》やかな森林浴を一泊許してやってくれ。小学生と野球三昧《ざんまい》より、基的にかわいい女の子のひとりでもいたほうがテンション上がるだろ？　基は俺より野球上手《うま》いぞ」

「かわいい女の子がひとりだと？」

「ああ、二人か」

「よろしい」

蘭先輩《せんぱい》と比べられちゃ、わたしはオマケでくっついてきたタヌキかなんかに見えるんだろうけど、そこは社交辞令でも二人と言っておいてほしかったよ。

一応生物学的には女子のわたしが、〝女の子〟にカウントされていない、つまり視界にも入っていないんじゃ、夏京くんのほうも、実は蘭先輩に惹《ひ》かれているんじゃないのかな。きれい。かわいい。性格がいい。とどめが料理上手なんて、非の打ちどころがない女子力の高さ。サッカー部全員、惚《ほ》れないほうが男じゃない気がしてきた。女のわたしがすでに惚れて心酔《しんすい》しているくらいだもん。

「まあ、貴子先輩が来てくれてよかったけど」

「え？」

直接的なことを言われて心臓が飛び出るかと思った。

「心南がヒマだなー、どうすっかなーと考えてたわけだよ。貴子先輩、テニスめっちゃうめえからな？　二人でテニスやって遊んでられるもんな」

「えええっ？」

びっくりして立ち止まるわたしにかまわず、夏京くんは前のほうを歩いていた蘭先輩と安藤くんと昇太の話の輪に加わった。

テニスはさておき……後ろから名前で呼びあうほど仲がいいサッカー部員とマネージャーを見ていて、複雑な気持ちになる。

夏京くんをためらいもなく〝陸哉〟と呼ぶ蘭先輩。そして夏京くんも安藤くんも三年生である蘭先輩のことは名前呼び、安藤くんにいたっては貴子とまで、呼び捨てだ。

ここでもファンに囲まれ続けたがゆえに、独自に育ってしまったサッカー部特有の女子との距離感《きょりかん》が発揮されている。

「……陸哉……か」

口の中で呟《つぶや》いてみた。胸が変な疼《うず》き方をした。

わたしと夏京くん。ここまでいろいろ言い合うんだから、そして夏京くんはわたしを〝心南〟と呼んでいるんだから、わたしも陸哉と呼んじゃ……ダメだろうか。

……何を考えているんだろう、わたし。身の丈《たけ》に合わない人は絶対に好きにならないよう、心の視界から遮断《しゃだん》すると決めた。いやもう自分に誓《ちか》ったのだ。

夏京くんは今、昇太のコーチをしてくれているから距離が近いのは仕方ない。でも名前を呼ぶようなことをして、心の距離まで自ら縮めるような危険を冒《おか》すんじゃない、心南。

初夏の軽井沢《かるいざわ》の風が吹《ふ》き抜ける。真っ青な空にくっきりと入道雲が出る季節の風とは思えないほど、ひんやりとしたそれが首筋を通り抜けた。


目的のホテルの部屋に着く。当然わたしと蘭先輩が二人部屋。もともとツインだと聞いていたから、独断で蘭先輩を誘《さそ》えたわけだ。

テニスコートもあるし、その横に少年野球なら余裕《よゆう》でできちゃう広さのグラウンドもっいていた。中規模でアットホームなホテルだけど、ほとんどのお客さんがスポーツをしに来るようなホテルだ。リゾート色が濃《こ》くて、大きなプールと提携《ていけい》もしているらしい。

品のいいベッドが二つ並んだ部屋の広さは、女子二人で使うには充分《じゅうぶん》だった。

わたしと蘭先輩は窓際《まどぎわ》から下のグラウンドを見下ろしている。

その芸術品のような横顔を見ているとこっちまで苦しくなる。口元にはふんわりとした笑みをたたえ、目元は優《やさ》しく微笑《ほほえ》んでいるのに、どこかに憂《うれ》いがあるように感じるのはただ美しすぎるから？　それとも、恋《こい》をしている時特有の切ない気持ちが表れている？

蘭先輩の表情は、間違いなく愛《いと》おしい人を見る時のものだ。

野球のできるグラウンドで、さっそく夏京くんと安藤くんは、昇太を特訓してくれている。

夏京くんが渡《わた》す球を安藤くんが受け取り、ノックをする。昇太がグローブでキャッチする練習だ。

「二人とも運動神経いいですよね。あんな正確にノックできるもんなんですね」

「陸哉は小四、基は小五まで野球をやってたわよ。二人とも強いリトルリーグ出身の野球経験者」

「リトルリーグ！」

そこまで本格的だったのか。

「陸哉はきっとテニスもそこそこできるわよ。小さい頃《ころ》からしょっちゅう、このホテルに来てたらしいから」

蘭先輩はそう言ってグラウンドの隣《となり》を指さした。テニスコートが四面もある。トップシーズンには早い平日のせいか、お客さんは誰《だれ》もいない。

「夏京くんのこと、よく知ってるんですね」

そう耳に届いた沈《しず》んだ声は、わたしの知るものじゃなかった。

「んふふ。気になる？　心南ちゃん。どういう趣旨《しゅし》でわたしをここに誘ったのか知らないけど、とにかく必死だったわね」

「必死なんて……ただもったいない、じゃないですか。女の子関係が雑すぎて」

「陸哉か。まともな恋愛《れんあい》したことないもんね。確かにあのスペックで、もったいないよね」

〝だからあなたがその相手になってください〟

言いたいけど言えない。だって蘭先輩自身が、喉《のど》から手が出るほど夏京くんの気持ちを欲しがっているのかもしれないんだから。窓から夏京くんを見つめる優しさに満ちた表情が、それを物語っている。

でも、夏京くんだって、自分で気づいていないだけで、この人のことを強く想《おも》っているのかもしれない。さっき、電車の中で聞いた「かわいい女の子のひとりでもいたほうがテンション上がる」にわたしはカウントされていない。流れ的にあの場合の〝ひとり〟とは間違いなく蘭先輩のことだ。

うまく事は進んでいる。いい兆候なんだ。何よりわたしが画策したことだ。

だけど、なぜかいつまでも電車で聞いたあの言葉が、痛みをともなうような重苦しさで胸の奥に沈んでいる。

こういう痛みは、嫌《きら》い。

「心南ちゃん、辛《つら》そうだね」

「そんなことないです」

「自分の心に抗《あらが》ったり、必死になったりしてる時点で、もう決着はついてるもんなんだよ」

「なんの……ことでしょう」

「断定しないでおくけど、心南ちゃん、どうしてそんな辛そうな顔をするのかなぁ。恋愛を怖《こわ》がっているように見えるよ？」

「な！　なんで今わたしの恋愛の話とかになるんですか！」

笑おうとしたけど失敗してひきつってしまった。

「ただの感想だよ。好きになるもんかなるもんか、ってがんばってる時の顔に見えるんだもん」

「そんなの！　偏見《へんけん》ですよ」

「女同士で、旅行の場だし。わたしは年上なんだから突《つ》っ張らないで溜《た》めてるものは吐《は》き出しちゃっていいんだよ、心南ちゃん」

「………」

「以前の恋愛が傷になってる。違《ちが》う？　心南ちゃんは恋愛が怖い」

「……………」

「違う？」

「……そうかも。実際、怖いです。手の届かない、身の丈に合わない人を、もう二度と、好きになりたくないんです」

「身の丈に合っている人だけを好きになれたら楽なのにね。っていうか、恋愛で言う、身の丈、ってなに？」

「庶民《しょみん》がアイドルを好きになるような……。スペックの違い過ぎる相手を好きになってしまうとか。きっと蘭先輩《せんぱい》には、そういう感覚、わかりません」

「わかるわよ」

ちょっとムッとした口調で言葉が返ってきた。

そうか。蘭先輩でも苦労をしているんだ。恋愛を知らない相手を好きになってしまったら、蘭先輩であっても辛いのか。

「辛い恋は嫌《いや》なんです」

「自分を好きだと言ってくれる相手だけを好きになってれば、辛い思いはしなくて済むよね。少なくとも最初は」

「そうですね」

「辛い恋の記憶《きおく》が臆病《おくびょう》にさせてるんだね」

「そういうわけじゃ……」

もう、これじゃ誘導尋問《ゆうどうじんもん》だよ。いつの間にか、蘭先輩に何もかもを打ち明けて、その胸でがーっと泣きたい気持ちになってくる。

「でもその恋って、もう終わってる気がするな。心南ちゃんの心に昔灯《とも》ってた炎《ほのお》は、きっともっと強い炎が消しちゃってるんじゃないのかな？　もう、実は思い出さないってことに、気がついてないんじゃない？　自分で」

「えっ……」

そういえば、わたしはここ最近、来栖のことを思い出していない。そのことにすら、指《し》摘《てき》されなければ気づかなかった。

「いくら逃《に》げ腰《ごし》になっても、引きずりこまれる時は引きずりこまれるもんだよ」

窓際から離《はな》れてドアのほうに身をひるがえす蘭先輩。蘭先輩につられて振《ふ》り向いたら、さらさらと鳴りそうな髪《かみ》が視界を横切った。

何それ、嫌だ。

〝昔灯ってた炎は、きっともっと強い炎が消しちゃってる〟って何？

まるでもう別の恋愛がわたしの中で始まっているみたいに聞こえる。もう辛い思いをするのはこりごりだから、今度は慎重《しんちょう》に恋《こい》を始めたい。自分で自分に、冷静にゴーサインを出せるような恋。でも今はまだ、恋愛に対してぜんぜん前向きになれない。

自分のことを考える一方で、蘭先輩のしゃんとした後ろ姿を冷静に観察してもいる。

蘭先輩から夏京くんに打ち明けたら、彼は自分の気持ちに気づくだろうか。夏京くんのほうも、蘭先輩のことが、好きだよね？


夏京くんは、本気で昇太を次の試合の先発メンバーに入れてくれようとしているらしい。ホテルで夕食を摂《と》った後も、ナイターのライトの中、昇太の素振《すぶ》りを夏京くんが改善したり、二人でキャッチボールをしたりしていた。

さすがに安藤くんはここで脱落《だつらく》し、コンビニに蘭先輩と一緒《いっしょ》に夜食のカップラーメンやお菓子《かし》を買いに行ってしまった。蘭先輩も誘《さそ》われたら断れないだろうし、わたしは安藤くんのついてくんな、と言わんばかりのオーラに負けてしまった。

グラウンドのベンチに座ってぼーっと夏京くんと昇太の練習を眺《なが》める。河川敷《かせんしき》でやっているのを見ているから慣れた光景だ。

「心南ー」

夏京くんがわたしの名前を呼びながらこっちに走ってくる。その後を昇太が追いかけている。

「どうしたの？」

「昇太、怪我《けが》した。突き指だな」

「えっ」

わたしはベンチから立ちあがった。目の前まで来た夏京くんが続ける。

「軽いよ。今冷やして安静にしてればそれほど腫《は》れずに済むんじゃないかな。ちゃんとレギュラー選考試合には出られる」

「そっか。昇太大丈夫《だいじょうぶ》？」

「たいしたことないのに、陸哉兄ちゃんが休めって。俺もっとやりたい」

「ダメ！　今無理して後に響《ひび》くほうが痛手だぞ」

「そうだよ、昇太」

「俺が焦《あせ》りすぎたってのもあるんだよな。一泊《いっぱく》二日でがっつりやろうとしすぎた」

「普段《ふだん》部活で忙《いそが》しくて身体《からだ》休めなくちゃならない時に、ここまでしてもらうのが申し訳ないよ、夏京くん」

「心南に俺の感情裏事情、話しちゃっただろ？　俺も昇太がかわいいの。昇太がレギュラー取って、一緒に喜びたいの」

「そういうこと言われると、言葉が出なくなります」

　生まれてくることができなかった夏京くんの弟と、昇太が重なって見えるってことだ。

　三人でホテルのほうに歩を進めながら、しんみりした気持ちになった。

「医者に連れてったほうがいいんだよな。俺のかかりつけのスポーツ医で、いい先生が近所にいるんだよ。休日でも明日《あした》はやってんだけど……うーん」

　蘭先輩や安藤くんもいる。さすがに明日朝一で昇太のために帰るとは言いにくいんだろう。大怪我ならともかく大事を取っているだけの突き指だ。でも夏京くんはベストな状態で昇太をレギュラー選考試合に臨《のぞ》ませたいと思っている。

「ママに迎《むか》えに来てもらおうかな。わけを話せばすっとんでくると思う。朝一で来れば、そのまま夏京くんのかかりつけ病院に連れて行ってもらえるよ」

「マジで？　助かるわ。さすがにここまで来て昇太の野球だけってのも、貴子先輩にも悪いし」

やっぱり考えるのは蘭先輩のことか……。

微妙《びみょう》に落ちている自分を無視し、わたしはママに電話をかけた。明日、お昼くらいにはこっちに着けるようで、そのまま病院に連れて行ってくれることになった。


ホテルの救護室で、昇太の手当ての後に親と連絡《れんらく》を取っている間、夏京くんは他《ほか》のメンバーの明日の予定を考え始めている。忙しい性分《しょうぶん》だ。

「明日、どうするかな。あ、明日こそ心南は貴子先輩とテニスしろよ？　今日は着いたのが遅《おそ》かったから、昇太優先で心南たちの娯楽《ごらく》、強く推《お》してる時間なかったけど」

早く練習するため早く出ようとしていた夏京くんをたしなめて、遅い時間に出発することを決定したのは蘭先輩だ。マネージャーとして、サッカー部員二人にハードなスケジュールは組んでほしくないらしい。

「昇太くん、怪我したんだって？」

ばたん、とドアが開いて蘭先輩の声が響いた。

「まあな。俺がちょい焦りすぎた」

「その様子なら大怪我じゃない？　レギュラー決めの試合に間に合いそう？」

「そっちは平気。んでさ、貴子先輩《せんぱい》も、保護者としてついて来てもらってる心南もまるまる二日ヒマになっちゃうじゃん？　だから、貴子先輩、明日は心南のテニス、しごいてやってくんない？　心南んとこだってレギュラー争いあるだろ？」

「あるけど」

「貴子先輩、中学まではテニス部だったって」

そうなんだ。でもわたしも、一応副部長なんだよね……。

「いいよー。心南ちゃん、明日はばっちりしごくから覚悟《かくご》してねー」

うー、なんかおかしな方向にばっかり物事がズレていくような気がする。どうしてここでわたしは、知り合ったばかりの蘭先輩とテニスをするはめになるんだ。

もともと蘭先輩をこの旅行に誘った目的は、夏京くんと仲良くさせるためだ。たぶん蘭先輩の気持ちは固まっている。だからあとは夏京くんの気持ちを蘭先輩に向ける……もう向いているのかもしれないけど。

でも、考えようによってはテニスもいいかもしれない。

蘭先輩がテニスをしているところを夏京くんは見たことがないだろうから、きっと惹《ひ》きつけられるだろう。

仮にも現役《げんえき》テニス部のわたしに教えると言っているからには、上手に違《ちが》いない。蘭先輩はわたしと違って華麗《かれい》なテニスをしそうだ。わたしが引き立て役になって惚《ほ》れなおしてもらおう。


次の日は休日、しかも絶好のテニス日和《びより》で、四面あるテニスコートは全部埋《う》まっていた。直前でよく取れたな、と感謝しちゃう。

そこでわたしと蘭先輩が二人で試合中。

わたしの右後方、ラインぎりぎりで黄色いボールが豪快《ごうかい》に赤茶のコートを削《けず》って弾《はじ》ける。

これで40―15のゲームポイント。

「心南ちゃん、わたしがスマッシュ体勢に入ったら下がって！　もっともっともっとできるだけ下がって。心南ちゃんなら、それ理解してるはずだよね？」

「……は、はい」

頭では理解しています、たぶん。

驚《おどろ》くほど強いじゃない、蘭先輩。わたしだって都大会までは行けるのに、蘭先輩のテニスはそういうレベルじゃなかった。どうしてサッカー部のマネージャーなんかしているんだろう。テニス部の戦力《ちから》になってよ。

しかもわたしが最初に予想した通り、素晴《すば》らしく華麗なテニスなのだ。

全速力で走りまわり汗《あせ》だくのわたしに対し、蘭先輩は予測能力が高いせいか、つねに緩《ゆる》やかに移動していてボールが来た時にはベストなポジションを確保している。ゆえに打ち方にも余裕《よゆう》があり、華麗、きれい、美しい。お手本みたいなフォームだ。

相手がフォームおかまいなしのわたしじゃ、よけいその芸術性は際立《きわだ》つだろう。

狙《ねら》いどおり、ギャラリー陣《じん》もばっちり。指に包帯を巻いた昇太、夏京くん。

安藤くんにいたっては主審《しゅしん》席に座って、審判をしてくれている。その高い位置からなら、誰《だれ》の目も気にせず蘭先輩を見つめることができるんだろう。

夏京くんが見ている。

夏京くんに、ふだん自分たちの世話をしてくれているマネージャーとしてだけじゃない、蘭先輩の魅力《みりょく》を伝えるためのいい機会だと昨日は考えた。

蘭先輩はわたしよりずっと上手《うま》く、圧勝してみせてかっこよさをアピールすることだって難なくできる。だからわたしはそんなにムキになって勝ちにいかなくたっていいはずだ。なのに。負けたくなかった。わたしより圧倒的《あっとうてき》に強い蘭先輩に、負けたくなかった。なぜか絶対に、夏京くんの前で負けたくなかった。

無茶《むちゃ》してダッシュし、ボールにくらいつくも、バランスを崩《くず》しまくっているわたしは、一回転する勢いで転んでしまう。

「心南ちゃん。やばいってヘソが見えそう」

わたしの格好は単なるTシャツに短パンだ。しかもTシャツがたまたまデザイン的に短い。めくれてお腹《なか》が見えちゃうことはあるかもしれない。

「うるっさい！」

上から降ってくる安藤くんの声に、ラケットを構え直しながら答える。そんなことを気にしていたら、このめちゃくちゃ強い蘭先輩相手に勝機なんかないでしょう。ヘソだしファッションだってあるんだからその程度は上等よ。

「怖！　なにそんなムキになってんの、心南ちゃん。遊びじゃん」

確かにそうだ。なぜわたしはこんなにムキになっているんだろう。

夏京くんの視線が刺《さ》さるようだと感じる自意識過剰具合《かじょう》に、頭の片隅《かたすみ》では自分が自分を笑っている。

蘭先輩のテニスを、どこからなら崩せそうかを考える。ブランクのせいか、サーブミスがかなり多いくらいしか、ウィークポイントがないのだ。サーブが入ってしまうと苦しい展開にしかならない。

さっきのスマッシュはもちろん手が出ないけど、それ以外にも蘭先輩には人並み外れた強烈《きょうれつ》なショットがいくつもある。そのうちのひとつがネットぎわぎりぎりのドロップショットだ。

カットされ、はるか手前に落ちようとしているボールを追いかけ、わたしは猛《もう》ダッシュした。一度バウンドしてしまったボールに向かい、ダイビングするようにラケットを伸《の》ばす。

えっ……。

姉ちゃん！　と叫《さけ》ぶ昇太の声を間近で聞いた気がする。

なぜかネットの支柱が視界いっぱいに入ったと思ったら、温かく、硬《かた》くない物体に激突《げきとつ》した。たぶん脳内では支柱に激突する準備がされていたみたいで、その温度とぬくもりに疑問がわく。

「心南、いっつもこんな危ないテニスをしてんのかよ。格闘技《かくとうぎ》じゃねえっつーの」

「あれ？」

わたしがいる場所は、しゃがみこんでいる夏京くんの腕《うで》の中だった。支柱とわたしの間に入ってくれたのだ。だからわたしは支柱に激突しないで済んだ。わたしが激突していないなら、まさかと思うけど……代わりに夏京くんが痛い目にあっている？

「マジあぶねー」

「えっ？　ねえ、ぶつかってないよね？」

「俺の運動神経をなめるな」

座り込んだまま、わたしを抱《だ》く夏京くんの背後を身を乗り出して覗《のぞ》き込み、夢中になるあまり背中側のシャツをめくり上げる。赤くなっていない。接触《せっしょく》はしたのかもしれないけど、激突じゃない。

「よかったー。もうなんて無茶をするんだよ！　夏京くんのバカ！」

「バカはどっちだよ。もう試合は中止。蘭先輩に敵対心むき出しで危なっかしくて見ちゃいらんねえ」

え！　なに敵対心むき出しって。蘭先輩を華麗に見せたい……って気持ちはどこに行ってしまって、どうしてこんなことになっているんだろう。

「ねえ、わたしと対戦しなければいいんじゃない？」

すぐ近くまで来ていた蘭先輩《せんぱい》が、ラケットで自分の肩《かた》をトントン叩《たた》きながらそんな提案をしてくる。

「は？　どういう意味っすか？」

「わたし、まだテニスがやりたいなぁ。久しぶりで超《ちょう》楽しい」

蘭先輩がそう言った瞬間《しゅんかん》、夏京くんの表情に驚きの色がにじんだ。

トンッと音がしたから振《ふ》り返ったら、審判席から飛び下りた安藤くんがいる。こっちの表情は、驚きを通り越《こ》して引き締《し》まっている。

みんなが集まってきてしまい、完全に試合は中断だ。続けていても勝ち目はゼロだったけど。

それにしても、夏京くんと安藤くんのこの反応はなんだろう。

「えーと。ごめんなさい。わたし、実力を考えずにがんばりすぎちゃったみたいで。そんなに見てて危なかったかな」

「試合なんだから実力どうのより、目の前の敵を倒《たお》すことが第一なのはあたりまえでしょ。心南ちゃん、立派だよ。試合してて楽しかった。久しぶりに思い出したこの爽快感《そうかいかん》」

「じゃ、このまま続行……」

「実力が違《ちが》うのに心南が無茶しすぎるから続行は無理！　でもせっかく貴子先輩がそう言ってくれるなら、ダブルスでやろうぜ」

夏京くんがそう提案してきた。

「ダブルス？」

「そう。実力的にもほぼ初心者の基と、たぶん実力的に心南と同じくらいの俺が組む。それで理屈的《りくつてき》には力は公平だろ」

その〝実力的に心南と同じくらいの俺〟ってのはなんだ、夏京くん。

ふだんサッカーばっかりやってて、たまーにここに来た時にしかテニスをしないのに、部内では一応レギュラーで、都大会までは常連のわたしと同じレベルだと豪語《ごうご》するとは！

ムッとしたけど黙《だま》っていた。助けてもらった時のあの反射神経は尋常《じんじょう》じゃない。たまにしかテニスをしなくてもすごく強いのかも、と感じたからだ。

「つまり、わたしと心南ちゃんチーム対、基と陸哉チームってこと？」

「そう」

「ラケットないけどどうしよう」

安藤くんもすっかりそのペアでやる気になっている。

「フロントで貸してくれる。俺ちょっと行って借りてくるわ。昇太、行こうぜ」

夏京くんがさっさと昇太を連れて走り出した。

「わあーい！　心南ちゃん楽しそうだね」

蘭先輩がわたしの首っ玉に抱きついてきた。

「そうですね」

わたしは事態についていけず真顔で返す。

「うれしーい！」

さらにきつく首を抱かれる。

なんだかおかしなことになってきたよ。心酔《しんすい》していたのはわたしのほうなのに、蘭先輩になつかれているような気さえしてきた。

でも蘭先輩のプレーは、うちの高校のテニス部に照らし合わせてみてもダントツで一番だし、大会でもわたしの実力じゃなかなか当たることのできない選手層のレベルだった。

そんな人と組んでテニスができる機会なんて、そうそうあるもんじゃない。

「わたしも蘭先輩と組めて、こんな光栄なことないです－！」

遅《おく》ればせながらテンションの上がってきたわたしも、蘭先輩に抱きつき返した。

そんなこんなで始まった試合。

わたしと蘭先輩のペア。対するは夏京くんと安藤くんのペア。

なるほど悔《くや》しいことに、夏京くんはわたしと同じくらいの実力かもな、と思えるくらい強かった。上手《うま》さでいえばわたしのほうがまだまだ上なのかもしれない。

コントロールはイマイチだし、サーブも入れること優先だから脅威《きょうい》でもなんでもない。

でも男子だけあって、ショットの重さがぜんぜん違うのだ。

わたしも、作戦や試合の組み立て方、球種やコントロール含《ふく》め、〝上手い〟より〝強い〟と表現されちゃうタイプだけど、夏京くんの場合、力攻《ちからぜ》め一辺倒《いっぺんとう》で試合の組み立ても何もあったものじゃない。

「うーわ！」

わたしが伸《の》ばしたラケットは、夏京くんのショットにふっとばされ、後方に落ちてくるくる回りながらコートの上を滑《すべ》っていった。

「心南ちゃん。あそこまで強い球は今の心南ちゃんじゃ振り負けるよ。手首を固定して力を入れて、ラケット合わせるようにすれば大丈夫《だいじょうぶ》」

わたしのラケットを拾ってくれた蘭先輩はそう的確なアドバイスをくれた。

一方、たぶんほとんどテニス経験のない安藤くんは、どうにも試合についていけない。ストロークになっていないから、後ろに下がると問題にならないのだ。

でも夏京くんが前衛に立たせてボールを叩かせるとか、安藤くんは安藤くんで明確な指示についてちゃんと仕事をこなしている。もともとの身体能力が高いからできることだ。

たまに安藤くんがバコーン！　と大ホームランを打ったり、夏京くんが打った球がネットに空いた小さな穴にハマってしまったり、笑いを誘《さそ》うこともたくさんあった。空気が電気を発していたような蘭先輩とわたしのさっきの試合とは、まったく違う楽しさがあった。

そんな中、何ゲーム目かで、蘭先輩にサーブが回ってきた。蘭先輩は続けざまにフォルトを繰《く》り返してしまっている。サーブが入らない。

「心南ちゃん、ごめん」

と小さく呟《つぶや》いた声が、風に乗ってはっきり聞こえた。

「蘭先輩だいじょーぶでーす！　全部セカンドのつもりで打ったらどうでしょう」

テニスの強い人は、セカンドサーブは絶対に入るサーブを確保している。代わりにファーストサーブは自分の一番得意とするショットで勝負する。

蘭先輩もそうだった。ファーストサーブが入った時のスピンのかかりようといったら、表現するのも難しい。あんぐり口を開けて軌跡《きせき》をなぞってしまいそうな、テレビでしか見たことがないような跳《は》ね方をするのだ。

だけど、ダブルスを始めてからはそれがぜんぜん入らない。長いこと練習もしていないのに、あのサーブが数回でも復活したことが奇跡《きせき》に思える。

でも蘭先輩は絶対に妥協《だきょう》しないのだ。ファーストサーブを、たぶん自分の得意技《とくいわざ》の強烈《きょうれつ》スピンにすることに固執《こしゅう》している。

セカンドで全部打ったらどうですか、なんてアドバイスをしたけど、プライドが許さなかったのか、蘭先輩はそうせず、難しい強烈スピンをファーストに持ってくることをやめなかった。そして今の蘭先輩は、セカンドサーブの成功率も百パーセントじゃなかった。夏京くんのように、入れるだけ、って選択《せんたく》はもってのほかなんだろう。

「ごめん、心南ちゃん」

なんだかんだでテニス経験者が二人（蘭先輩とわたしを並べるのはおこがましいけど）

の女子チームが今までのゲームを取ってきた。だけど、蘭先輩のサービスゲームで、わたしたちは初めてゲームを落とした。

「何言ってるんですか、蘭先輩《せんぱい》。蘭先輩がいなかったらあのバカみたいに力任せのショットに太刀打《たちう》ちできませんでしたよ。的確なアドバイスのおかげです」

「心南ちゃんだって……」

「え？」

「なんでもないの。ここからもう一ゲームも渡《わた》さないぞぉー！」

「ですよねー！　蘭先輩と組めると燃えます！」

そこで蘭先輩は気が抜《ぬ》けたのか、声を出して笑った。

「わたしと対戦してた時のほうが燃えてたよ、実際」

「えっ？　そうでした？」

「そうそう。気を引き締《し》めていくよ、次のゲーム」

ばんっと力を入れて背中を叩《たた》かれた。

「はい！」

結局、一セットの試合はわたしたちが一ゲームを取られただけの形で勝利した。

「心南ちゃんってわりと強い子だったんだな」

「えへへ」

「あ、心南ちゃん。ちなみに貴子は中学では全国大会まで行ってたらしいぞ？」

「ぜっ！　全国っ……」

安藤くんのその言葉に、わたしは直立不動のまま意識が薄《うす》らぐような気さえした。全国大会なんて全部活プレーヤーの憧《あこが》れの的です。

そんな人が、どうしてサッカー部（そりゃこっちも全国レベルだけど）のマネージャーなんかやっているんだろう。

怪我《けが》？　怪我で戦線離脱《りだつ》したんだろうか？　もしそうなら、ものすごく無理をさせてしまったってことだ。

蘭先輩の様子をくまなく観察したけど、身体がだるそうでもなく、脚《あし》とか、どこかを痛がっているようには見えない。むしろ今まで見たこともないほど子供っぽい喜び方をして夏京くんに絡《から》んでいる。怪我じゃ、ないよね。

それに怪我なら、夏京くんや安藤くんが一緒《いっしょ》にテニスをやろう、とは誘わないだろう。

わたしとの試合じゃレベル的にはかなり違《ちが》うけど、激しい動きにならないとも限らない。

わたしが蘭先輩と夏京くんをぼーっと眺《なが》めていると、ホテルの係か何かのおじさんが話しかけてきた。

「テニスコート、まだ使いますか？　あと一時間なら空きがあってこのまま使えますけど」

その言葉に反射的に、コートに設置してある時計を見る。借りている時間を二十分も超《ちょう》過《か》していた。

「できれば一時間延長してもらえますか？　あ、俺手続き行ってくる。昇太行こうぜ。ついでに人数分のジュース買うの、手伝って」

「そうしてくれると助かります」

安藤くんは、テニスコート係のおじさんと一緒に、これまた昇太を連れて行ってしまった。

「心南、ありがと」

ふいに、近くにいた夏京くんがわたしに向かってそんなことを呟いた。

「何が？」

「いや……」

わたしの質問にまともに答えず、すたすたと離《はな》れた木陰《こかげ》のベンチに歩いて行ってしまった。蘭先輩もそのベンチに向かう。

そのまま夏京くんと蘭先輩は少し離れたベンチに腰《こし》を下ろし、二人で喋《しゃべ》り始めた。テニスコートとテニスコートの間に、ドーンと生えている大きな木の下のベンチで、快適そうだ。

せっかくいい雰囲気《ふんいき》になるチャンスだから、あの二人のところには行かないほうがいいと思いながらも、どうしても気になり、そっちに視線がいきがちになってしまう。これじゃダメだ、と苦悶《くもん》しているとテニスコートエリア内に自販機《じはんき》を見つけた。これ幸いとわたしは小銭《こぜに》を持ってそこに向かう。

昇太と安藤くんが買ってきてくれるはずだけど、暑いからきっとたくさんあっても困らない。

さっき、言うともなしに呟いた夏京くんの「心南、ありがと」は、何に対してのお礼の言葉だったんだろう。そんなことを考えながら、わたしは持てる限界三本のペットボトルを買って自分たちのコートに戻《もど》った。

「あれ？」

さっきのベンチに、夏京くんと蘭先輩はいなかった。

え。どこへ行ったんだろう。

試合の後、楽しそうだった蘭先輩がそのままのテンションで、夏京くんと二人だなんて……すごく理想的な展開のはずなのに、胸がざわざわして、試合中とは違う不快な冷たい汗《あせ》が背中を伝った。

わたしは空いているベンチに、どさどさと買ったペットボトルを放《ほう》り出した。円筒形《えんとうけい》のペットボトルはベンチから転がり出て、ハードコートと同じ樹脂《じゅし》でできた地面に落ちた。

いてもたってもいられない、とはこういう心境なんだろう。

気がつくと、わたしはやみくもに走り出していた。テニスコートエリアから出て、隣《となり》の野球場のほうまで見に行ったり、ホテルのフロントまで走って行ったりしている。こんな意味不明な自分の行動を、俯瞰《ふかん》で見つめるもうひとりの自分が驚《おどろ》いている。

何をそこまで一生懸命《いっしょうけんめい》になっているの、心南。二人でいるなら、どんぴしゃ狙《ねら》い通りの好都合じゃない。捜《さが》して割って入るなんてありえないのに、なぜわたしはこんなに走りまわっているんだろう。

どこにも二人はいなかった。

「心南ちゃん！」

突然《とつぜん》聞こえたのは、蘭先輩の声だった。テニスコートの近くの救護棟《とう》まで戻ってきた時にそう呼ばれ、振《ふ》り向く。蘭先輩の肩《かた》に、体重を預けるほど腕《うで》を回した状態の夏京くんが目に入る。

な……に、あ、れ……。どういう……。もうそういう関係に発展したってこと？

「心南！　待てよっ！」

待てって何？　今の、夏京くんの声だった？

わたしの目の前にもう夏京くんも蘭先輩もいなくて、左右を植物の緑が飛ぶように流れて行く。

わたし今、走っているってこと？

どこに向かっているの？

まわりの景色も目的地も見えない。

つんざくようなクラクションの音が耳に響《ひび》いた。

「あっぶねーな！」

「ご、ごめんなさ……」

すんでのところで轢《ひ》かれそうになった車が走り去るのを、道路に尻《しり》もちをついた状態で眺める。そこでやっと正気に返ったらしい。

ザリ…

「ここ……どこだろ？」

大きな駐車場《ちゅうしゃじょう》の中らしい。振り返ると目の前に見える白い建物は、わたしたちが泊《と》まっているリゾートホテルだ。ホテルの裏側の駐車場に来ちゃったってこと？　どこをどう通ってここにいるのか、まるで記憶《きおく》がなかった。

そこでわたしは一歩間違えば、車に轢《ひ》かれてしまっていたような状態にいるということだ。

夏京くんと蘭先輩《せんぱい》が肩を組んでいたことに対する、動揺《どうよう》の仕方が半端《はんぱ》じゃない。

ここについた時に昇太と野球をしている夏京くんを、窓から見下ろしていた蘭先輩の瞳《ひとみ》は完全に恋《こい》をしていた。

さっきテニスコートで、試合後に夏京くんがふいに落とした言葉の意味を理解する。

『心南、ありがと』

『何が？』

『いや……』

あれは、テニスの楽しさを忘れていた蘭先輩に、それを思い出させてくれてありがとう、のありがとう、だったんだ。蘭先輩のためになることをしてくれた人に、夏京くんがお礼を口にする。

つまり、夏京くんも蘭先輩が好きで、二人はそういう関係になったんだ。

めでたく。わたしの、狙った通り。夏京くんはチャラいけど、それは本当の恋愛《れんあい》を知らないからだ。蘭先輩が相手で、本気にならないなんてことがあるわけない。これで夏京くんは正真正銘《しょうしんしょうめい》、本気の恋愛ができる。

自分の意思とは無関係に、涙《なみだ》の粒《つぶ》があとからあとから落ちてはアスファルトを濃《こ》い色に変えていく。駄目《だめ》だ。こんなところにいたら迷惑《めいわく》だ。

わたしは持てる力のすべてを振り絞《しぼ》り、立ちあがった。立ちあがりながら、絶望的な真実に気がつく。

わたしは、また同じミスを犯《おか》した。また同じ轍《てつ》を踏《ふ》んだ。ばかだ。ばかすぎる。こうってから気づくなら、いっそ気づかなければいいのにと思うけど、恋愛においてそれは無理な話なのかもしれない。

校門から昇降口《しょうこうぐち》に向かう道で、サッカーボールを追いかけてきたその時の夏京くんの笑《え》顔《がお》。昇太を助けた時の心の底からの怒《いか》りの表情。笑った顔。はにかむとできる鼻の上のしわ。脳裏《のうり》に映像となってぐるぐるまわる。

わたしは、夏京くんが、好きなんだ……。

また来栖の時と同じように、手を伸《の》ばしても届かない人、近くにいる友だちでありながら、恋愛対象として相手の視界には入れてもらえない人。決定的な隔《へだ》たりがある人を好きになるという同じ過《あやま》ちを犯してしまった。

絶望的な気持ちを抱《かか》え、わたしはとぼとぼとホテルへの道を歩き始めた。ホテルのロビーを抜《ぬ》けてきたのかと思ったら、建物壁面《へきめん》に沿って裏の駐車場に回り込む遊歩道が整備されていた。

ここを走ってきた記憶がない。本当にこの道を通ったのだろうか。それくらい頭の中が夏京くんでいっぱいだった。

遊歩道に沿って建物をまわったら、ホテルの正面ゲートに出て、この道を通ったかどうかの疑問はもっと強くなった。

幹線道路から、半円を描《えが》く車寄せに車を誘導《ゆうどう》する仕様になっている。幹線道路とホテルの敷地《しきち》の間には白かばに濃《こ》い緑の植物がセンスよく茂《しげ》っている。

リゾート感が満載《まんさい》。大きなホテルじゃないけど、上品で上質。外国映画に出てきそうな北欧《ほくおう》調のホテルだ。

黒に金の飾《かざ》りがついた制服を着たドアマンが、今まさにドアを開けようとしている車を目にし、息を呑《の》んだ。うちの車と同じ……というか、うちの車だ。

ドアマンが開けた助手席から誰《だれ》かが降りるより早く、運転席からママが降りてきた。

そうだ。昇太を迎《むか》えに来たんだ。今からすぐに戻《もど》れば、夏京くんが知っているスポーツ医のいる病院の午後の診療《しんりょう》に間に合うと、そう打ち合わせていたんだった。それでママが速攻《そっこう》で昇太を迎えに来た。

そう理解した端《はし》からわたしの脳は真っ白になった。

「え……なんで」

助手席から降りてきた人が、来栖だったのだ。どうして来栖が一緒《いっしょ》に来たんだろう。

わたしの呟《つぶや》きが来栖のところまで聞こえたらしく、こっちを向いた彼が口を開いた。

「おー、心南」

「………」

「たまたま心南のおばさんと玄関先《げんかんさき》で会ってさ。おばさんめっちゃ動揺してたから。そんで『カーナビが壊《こわ》れてる、どうしよう』とか口走ってんだよ。わけ聞いたら昇太をここに迎えに行くって言うじゃん？」

「えっ。それで来栖一緒《いっしょ》に来てくれたの？」

「ちょうど用事がなかったから。前に心南が、おばさんすごい方向音痴《おんち》だって言ってたのを思い出してさ。動揺してるうえにカーナビが壊れてたら危ないから、僕が助手席でスマホの地図アプリでナビってきた」

「そうだったんだ、ありがとう」

確かにうちの車は今カーナビの調子が悪く、ママも方向音痴だ。でもここまで来るのが面倒《めんどう》じゃないわけはない。

わたしとの関係がなくなっても、来栖はちゃんとママや昇太の心配をしてくれる。まだ肉親とか恋愛感情の他《ほか》にも、我が家に対しての優《やさ》しさは残っているのか。

「心南、どうした？」

いつの間にか来栖がわたしの正面に来ていた。ちょっと前ならきっとドキドキして飛び出そうになっていたはずの心臓が、今は来栖の出現に温められている。自分の中の来栖に対する感情のベクトルが、変わっていることに気づかされた。

「ちょっと、いろいろ……」

「わかるよ。泣いてるじゃん」

そこで後方から伸びてきた別の誰かの手が、わたしの背中をドーンと押した。

「やあね！　こんなとこで恋人同士《こいびとどうし》の再会なの？　もう、数日離《はな》れてただけじゃない！」

ママの手によってわたしの身体《からだ》は前方にぐんっと押し出され、来栖の腕《うで》の中に入ってしまった。

ママに押されたわたしの両肩《りょうかた》を、来栖はちゃんと受け止めてくれた。

夏京くんと蘭先輩がさっき肩を組んでいた映像が頭の中だけで繰《く》り返される。冷えて凍《こお》り付いているようなそれが、人のぬくもりによってやっと溶《と》かされ、涙になって外に出ていく。わたしはわあわあ声をあげて泣きだした。

今の精神状態がおかしすぎて、わたしは濁流《だくりゅう》で溺《おぼ》れていて、目の前に差し出された手に必死にしがみついてしまった子どものようだと思った。だから、たぶん、何分間かは、なされるがままに来栖の腕の中にいてしまったのかもしれない。

「だめだ、これって」

わたしはやっと、抱《だ》きとめ続けてくれようとする来栖の腕を押し戻した。いくら双方《そうほう》に恋愛感情がなくたって、今、来栖には彼女がいる。苦しい恋愛経験を経て、やっと来栖にたどりついたわたしの親友、真彩がいるのだ。

今のわたしは混乱しすぎている。

夏京くんにちゃんとした恋愛をしてほしい、彼に幸せになってほしい。でも今までたってきた彼の経緯《いきさつ》を考えて、並の人じゃダメだと連れてきた蘭先輩《せんぱい》と、みごとにうまくいってしまった。

その現場を目撃《もくげき》したことでわたしは自分の気持ちに気づく、という絶望的間抜《まぬ》け具合。

悲しくて苦しくて心が折れそう。

「心南。だけど顔が真っ青――」

身をよじるようにして来栖の腕から逃《のが》れたことで、視界の方向が変わった。

「え……」

昇太がママにうながされて車に乗ろうとしている。蘭先輩と安藤くんがママに何か説明をしている。その横で、放心したようにこっちを凝視《ぎょうし》しているのが夏京くん。蘭先輩がチラチラ夏京くんとママを見比べている。たぶん病院の説明をママにしてほしいのだ。なのに、夏京くんが仁王《におうだ》立ちの鬼《おに》の形相でわたしと来栖のいる方向ばかりを睨《にら》んでいて、口を開こうとしない。

そしてママや昇太そっちのけで、こっちに一歩踏み出した。その瞬間《しゅんかん》、顔面が、稲妻《いなづま》が走ったような痛烈《つうれつ》な引きつり方をした。がくりとその身体が傾《かたむ》く。

「陸哉っ」

夏京くんはなぜか、安藤くんに丁重《ていちょう》に腕を引かれてそっと車に押し込められた。

どういうことだろう。そのまま夏京くんも帰るってこと？　確かに夏京くんが直接、その彼のかかりつけスポーツ医に連れて行ってくれるのが早いとは思うけど……そういうことになったのだろうか。

夏京くんの荷物や昇太の荷物も後部座席に放《ほう》り込まれ、何か言いたげだった来栖も乗り込んだ。わたしはわけもわからず、ママの運転するその車を見送った。

「陸哉、足首くじいたんだってよ」

「え？」

隣《となり》に来た安藤くんは、まず簡潔にそれだけを説明した。だからちょうどいいと、昇太を迎えにきてくれたママの車でこれから一緒に病院に行くのか。試合中あんなに俊敏《しゅんびん》に走りまわっていたのに……。

「……いつくじいたんだろう」

「試合の後、貴子とジュースを求めて救護棟《とう》のへんに行った時だってさ」

「ばかだ。コート内にあったのに」

「みたいだな。心南ちゃんが買ったらしいジュースが俺らのベンチの下に転がってたから」

そこで蘭先輩が順を追って説明してくれた。

「基と昇太くんはコート使用時間の延長申請《しんせい》をしに行って、わたしと陸哉はたまたま……わたしの昔のテニスに関するあれこれをベンチで話し込んでて、あ、このことはあとで詳《くわ》しく説明するね？　それで気がついたら心南ちゃんがいなかったんだよ」

「あー」

二人の邪魔《じゃま》しちゃ悪いと席を外したかった。そこでコート内にも自販機《じはんき》があることを発見してそこに向かった時だ。

「もしかして心南ちゃん、昇太くんの荷物まとめるために二人のあとを追ったのかな、と思ってた。そこで陸哉が『喉渇《のどかわ》いた我慢《がまん》できない。あっちに自販機が何台もあるから買ってこよう』って救護棟の方に向かったの。そしたら、なんと、運動神経のカタマリのような陸哉が、平たんなところで足をぐきってひねったのよ」

「えー！」

「場所が救護棟の前だったからさ、そのままそこで診《み》てもらったら捻挫《ねんざ》まではいかないけど、二、三日はなるべく歩かないほうがいいって診断《しんだん》だった。今日、明日《あした》はかなり痛いみたいよ」

「そう。で、ちょうどいいから、心南ちゃんちのお母さんに一緒《いっしょ》に連れて帰ってもらったんだよ。陸哉んちと心南ちゃんちって近いんだってな」

安藤くんが口をはさむ。

「うん。そうなんだよね。とっても助かってます」

ママの車に全員は乗れなくて、健康体三人が残されたってわけだ。

実は蘭先輩の説明の途中《とちゅう》から、わたしは他のことばかりを考えていた。夏京くんが足をくじいた。今日、明日はかなり痛い。つまり、もしかして、さっき夏京くんと蘭先輩ががっちり肩を組んでいたのは……。

「どう？　安心した？　心南ちゃん、いきなり走り出すから完全に誤解したなーと思ってたよ」

「いやっ！　じっ実は！　実はわたし、あの時、いきなりすっごくトイレに行きたくなりまして」

安藤くんがぶーっと噴《ふ》き出した。見透《みす》かされている気がする。

「陸哉はね、すごーく足が痛かったはずなのに、無謀《むぼう》にも心南ちゃんを追いかけようとしたんだよ」

「マジですか。……信じられない」

「そうよ。そこはわたしが一緒にいてホントによかったと思ってる。うちの部は、身体面に関してはマネージャーに圧倒的信頼《あっとうてきしんらい》を置いてくれてる。わたしが『将来に関《かか》わるよ！　走ったら退部！』って指示した時の悔《くや》しそうな横顔。超《ちょう》笑えたー」

悔しそうな横顔が超笑える蘭先輩。意外に……黒い。

でもその〝超笑えた〟って、もしや嫉妬《しっと》からくる意地悪な気持ちの裏返しなのでは？　他《ほか》の女子を目の前で追いかけようとした夏京くんに対する、ひねくれた恋愛《れんあい》感情の一種なんじゃないだろうか。

だって蘭先輩って、夏京くんが好きなんだよね？　あんなに素敵《すてき》な人が目の前にいて、好きにならないとか意味がわからないもん。

「心南ちゃん。ちょっと部屋で話そうか。さっき基には話したんだけど、心南ちゃんには話せる気がする。っていうか、話さないとダメなの」

そうだよね。夏京くんのことだよね。好きとかつき合うとか……。肩組んでいたのが早とちりだったって喜んだけど、足をくじいても、つき合っている相手じゃなきゃあんなことしないんじゃないかな……。

そこでわたしのことを、両脇《りょうわき》からニヤニヤしながら眺《なが》めている蘭先輩と安藤くんに気がついた。

「なんでしょう」

「心南ちゃん、めっちゃ顔に出るわね。面白《おもしろ》い」

「……よく言われるかも」

安藤くんの前で話があるとか言うから、三人で話すのかと思ったら、蘭先輩と二人だった。

わたしと蘭先輩の部屋のツインベッドに、向かい合わせで座る。

そりゃそうか。だってたぶん恋《こい》バナだよね？　夏京くんが好きだって話なんじゃないのかな？　ああいう場面を見られたから話しておこうと思ったんだろうか。っていうか、すでにつき合っている？

「あのね。心南ちゃん。わたしがしようとしてる話、大幅《おおはば》に誤解してると思う」

「え？」

「恋バナとかじゃなく」

「え？　違《ちが》うんですか？」

「そうよ。お礼が言いたくて」

「お礼？　わたし、なんかしましたか？」

「テニス、また始めようかな。大学に入ったら」

「え？」

「そのきっかけを作ってくれたのが心南ちゃんでさ。さっきの試合よ」

「ああ。楽しいって言ってくれましたよね。どうして高校でやってないのか不思議ですよ。怪我《けが》とかかな、って考えたんですけど」

怪我とか、喘息《ぜんそく》みたいな病気とか、どうしようもない事態に陥《おちい》って辞《や》めるしかなかったのかと推測していたから、軽々しく聞いちゃいけないような気がしていた。

「さっきの試合で感動して、また大学で一からがんばってみようって気になれたの。高校は、もう三年生だから遠慮《えんりょ》しておくけど。尊敬するよ、心南ちゃん」

「尊敬？　誰《だれ》が誰をですか！」

「わたしが、心南ちゃんをだよ、もちろん」

「どうしてっ！　いったいどうしてそんな奇《き》怪《かい》な現象が起きるんですかっ！」

「わたしさ。中学の時に部活でうまくいかなくなって、テニスが嫌《いや》になっちゃったの。一時はラケット見るのもうんざりするくらい」

「……………」

　そうして蘭先輩《せんぱい》は中学の部活であったことをかいつまんで話してくれた。

　小さい頃《ころ》からテニスクラブに通っていた蘭先輩は、中学の部活でひとりずば抜《ぬ》けてテニスが上手《うま》かった。蘭先輩は高校から早律大付属に入ってきた人で、中学というのは地元の公立中学のことだ。

　中学で部活に入るつもりはなかったのに、通っていた強豪《きょうごう》のテニスクラブが、別の場所に新しい施設《しせつ》を作り拠点《きょてん》を移してしまった。電車のアクセスがすごく悪いところへの引っ越《こ》しで、通えなくなり、そのクラブは辞めざるをえなくなった。

まわりに強いクラブがなかったことと、蘭先輩の学区の中学のテニス部が、そこそこ強かったことから、部活でやっていくと決めた。

でも初心者もいる部活の中で、蘭先輩の実力は他の生徒と格段の差があった。

「それで、面白くなくなっちゃったんですか？」

「面白くなったっていうか……。うまくいかなくなったの。でも今は、あの頃どれだけ自分が傲慢《ごうまん》だったかわかる。さっきの試合、心南ちゃんの態度を見て尊敬したし、眩《まぶ》しかった」

「眩しい？　わたしが？　どうしてですか」

蘭先輩のほうがずっと上手なうえに指示も的確だ。

「わたしと組んだ時、わたしの指示は素直《すなお》に聞くから吸収も早い」

「そりゃあたりまえじゃないですか」

あれだけ実力も違うんだし。

「でもわたしは、心南ちゃんのアドバイスが的確なものだってわかっていながら、自分の意地だけのために自分の方針を貫《つらぬ》いてしまった。結果ズタボロになったのに、心南ちゃんは文句ひとつこぼさなかったよね」

「ファーストサーブのことですか？」

ファーストサーブが入らない蘭先輩に、わたしが全部セカンドで打ったらどうか、とえらそうにアドバイスしたのだ。

「そう。わたしだってわかってた。ブランクがあって、練習もしていないファーストサーブが入らないことも、セカンドサーブが入るパーセンテージも百じゃないこともちゃんとわかってた。だから心南ちゃんの指摘《してき》が的を射たものだって、頭では理解してたの」

「はい」

「でも意地になっちゃって……。結果、あのゲームはわたしの自己中のせいで取られたのに、心南ちゃんはわたしを一言も責めなかったよね」

「そんなのあたりまえじゃないですか。試合中にミスを責め合ってたら自滅《じめつ》だし！　第一わたしが蘭先輩ほどの実力者に責めるだなんて」

そこで蘭先輩は深いため息をついた。

「そのあたりまえが、中学の頃のわたしには圧倒的に欠けててね。ダブルスは最後、組んでくれる子がいなくなったの。じゃあシングルスでやれば、ってことになってそうしたんだけど、その頃には、部から完全に浮《う》いてた。わたしがいると雰囲気《ふんいき》が悪くなって練習にならないみたい」

「それでテニスが嫌《きら》いになっちゃったんですか」

「そうね。心南ちゃん、わたしのせいでゲーム落として、わたしがごめんね、って謝ったら、なんて言ったか覚えてる？」

「なんて言いましたっけ？」

「そもそもわたしのアドバイスがなかったら、陸哉のあの力任せのショットに太刀《たち》打《う》ちできなかった、って。ミスで落ちているわたしのいいところを具体的にあげて、わたしの落《らく》胆《たん》を軽くしてくれたんだよ」

「そうでしたっけ」

「全部、無意識に出てくる言葉なんだね。逆境にあっても相手を思いやれる気持ちは、心南ちゃんの根底にある優《やさ》しさなんだってわかるけど、すごいって素直に感じた。感じたことは伝えなきゃ何も変わらないと思ったの」

「……照れます」

「心南ちゃんは人としてのポテンシャルが高い」

それって、わたしが夏京くんに対して感じていることだ。

「…………」

「それに自分で気づいてないの」

「わたしにそんな大層な能力なんてありません。ただあの試合は本当に楽しくて」

「ね！　わたしもすごく楽しかった。もう一度テニスがしてみたい、って思わせてくれるくらい」

その話を聞いて、わたしは、試合中蘭先輩が〝楽しい〟と言った時の夏京くんの驚《おどろ》きに満ちた表情を思い出した。

夏京くんは、蘭先輩がテニスを辞めた経緯《いきさつ》を知っている。そういう、過去の傷に触《ふ》れるほど深い話を二人はしている。そういう間柄《あいだがら》なんだ。

試合の後、夏京くんがわたしにささやいた「心南、ありがと」は、やっぱり、蘭先輩にテニスの楽しさを思い出させてくれてありがとう、の「ありがと」だったんだ。

唇《くちびる》を血がにじむほど噛《か》みしめる。もう確定。夏京くんは、蘭先輩にプラスになることをした人に対してお礼を口にする。二人はそういう関係にある。

「心南ちゃんのそういうポテンシャルはね、テニスにおいてだけじゃないんだよ。試合中全部無意識にやってる、人の指示を素直に聞けたり落ちている相手のメンタルを拾い上げたり。そういうのは日常生活でも発揮されてるんだよね」

「わたしなんか、なんにもできない……。なんの長所もなくて……」

もう蘭先輩が何を語っているのか、わたしの耳にはほとんど入ってこなかった。

蘭先輩と夏京くんが肩《かた》を組んでいたのが怪我のせいだとわかった時、一度は浮上《ふじょう》しかけた気持ちが、今度は完全に深海の底まで沈《しず》んだ。

わたしがあれこれ画策しなくたって、きっといずれはこうなっていたに違《ちが》いない。これは自然の摂理《せつり》においての決定事項《じこう》。

「もっと自分に自信持ってほしいな、心南ちゃん」

なんの自信？

夏京くんが好きなのは蘭先輩なのに、わたしは、いったいなんの自信を持てばいいの？

4　真夏の決闘と宇宙空間

昇太の野球特訓合宿から帰ってきて数日が過ぎた。

昇太の突《つ》き指は、病院で適切な手当てを受けたおかげで、数日で完治した。夏京くんの足首の捻挫《ねんざ》のほうが若干《じゃっかん》長くかかったけど、それでも一週間で完治した。

昇太は由良レッドソックスのレギュラー選考試合で、レギュラーを勝ち取ることができた。感激で家族中が手を取りあい、飛び上がって喜んだ。チーム自体が新しく初心者が多かったことと、全体数が少なかったことが幸いしたことは間違いないけど、この際、それはどうでもいいのだ。

昇太にとっては、大きな成功体験で、揺《ゆ》るぎないひとつの自信につながった。暗い表情をした数か月前の昇太のことを考えると、夏京くんに感謝してもしたりない。

でも、ここまで軌道《きどう》に乗ったんだから、夏京くんが昇太のコーチをするのも回数を減らすとか、終わりにするとか、考え時なのかもしれない。

何しろ夏京くんの属するサッカー部は全国レベルで練習は週に六日、時には七日ある。そのうえ昇太の野球指導なんて長く続けたら、身体《からだ》を壊《こわ》してしまう。

昇太がレギュラーを取れたことは一つの節目だ。

昇太の野球指導が終わるということは、わたしと夏京くんのつながりももうなくなるということだ。もともと友だちでもサッカー部のマネージャーでもない。

……今のわたしと夏京くん、言葉にしたらどんな関係なんだろう。知り合い？　知り合いには違いない。友だち？　他校にまで男女の友だちがいる夏京くんだけど、わたしのことも友だちくらいには思ってくれているかな。

つながりが切れるのがとてつもなく寂《さび》しい。でも夏京くんの身体を守るためには、こっちから言い出さなくちゃならないことなんだ。

昇太に懐《なつ》かれている夏京くんは、考えてはいても自分からは言い出しにくいだろう。昇太のことを、本当の弟を見るような優しいまなざしで見るのだ。

それに、夏京くんが蘭先輩《せんぱい》と想《おも》い合っていると知った今、わたしはもう不要だ。わたしがしゃしゃり出ていかなくたって二人はそういう仲になっていただろうけど、役目は早々に終わったと言える。

昇太の部屋の扉《とびら》をそっと開けた。

「昇太ー。いーい？」

昇太はベッドの上にあぐらをかいて、脇《わき》のストレッチをしていた。

「なに？　姉ちゃん」

「あのさ、夏京くんのことなんだけど」

「うん」

「夏京くんのサッカー部、めっちゃハードなのね？　いつまでも昇太のコーチをしてもらうわけにはいかないよ。どこかで区切りをつけなくちゃ」

「そうか。だよな」

昇太はうなだれて声に張りがなくなった。

「レギュラーを取ったっていう今がいい区切りだと思うのよ」

「うん……」

「明日《あした》、お姉ちゃん、夏京くんにそう申し出ていい？　夏京くんからは言い出しにくいと思う」

「いいよ、わかった。陸哉兄ちゃんとこれっきり会えないとかじゃないよね？」

「そりゃそうだよ。夏京くんも昇太のことは弟みたいにかわいがってるもん」

「うん、わかった」

わたしは昇太の部屋を出た。明日、夏京くんに、昇太の野球指導はもう終わりにしようと、申し出よう。

スマホで連絡《れんらく》し、放課後の部活が終わった後に夏京くんと待ち合わせをした。お互《たが》いに部活がある日だったから、夏京くんにサッカー専用グラウンドから道路に出る小道にあるベンチで待っていてもらった。また校門前でテニス部の子や来栖と鉢合《はちあ》わせするのは真っ平だったから。

時間をだいぶ遅《おそ》くに設定したわたしに「なんでこんな遅いのさ」と文句が戻《もど》ってきていた。夏京くんのほうだって蘭先輩や仲間にわたしと一緒《いっしょ》にいるところを見られるのは面倒《めんどう》なんじゃないかと思ったけど、そういうことに頭はまわらないらしい。

「よお」

うす暗くなり始めた景色の中で、夏京くんがベンチから立ちあがるのだけが鮮明《せんめい》に映る。泣き出したいくらいかっこよく見えてしまった。わたしのレンズはおかしいらしい。

「ごめんね、いきなり」

「いいけど。もっと早く待ち合わせにすればいいじゃんか。サッカー部がたいてい一番遅いだろ。心南、けっこう待ったんじゃないの？」

わたしが近づくと、夏京くんはもう一度ベンチに座り直した。わたしも隣《となり》に座った。

「だっていろいろ不都合かと……」

蘭先輩にはわたしと会うとちゃんと言ってある、ってことだろうか。蘭先輩は心が広くて、他《ほか》の女子と二人になっても怒《おこ》らないってこと？

「またあの野郎《やろう》か」

苦々し気に夏京くんが口走った。

「あの野郎、って？」

「いいよ」

一瞬《いっしゅん》来栖のことかな、と思ったけど、夏京くんがもうこの話は打ち切りとばかりに手を振《ふ》ったから、わたしもそれ以上追及《ついきゅう》するのは止《や》めた。

「昇太の野球指導の話で呼んだの。今まで本当にありがとう。昇太、レギュラー取ったし、どうにか由良レッドソックスで上手《うま》くやっていけそうだよ。ここまでにしよう？」

「……俺は、もうちょっと」

続けたいけど、実は体力的限界も感じている、と言外に逡巡《しゅんじゅん》が読み取れるような歯切れの悪さだった。夏京くんには珍《めずら》しい物言い。

「インハイとかで忙《いそが》しくなるのにこの先も続けるのは厳しいと、夏京くんも内心は思ってるでしょ？」

「それはな。だけどさ……」

「わたしも昇太も、夏京くんが体力的にぎりぎりの状態で昇太を指導してくれてたのは知ってるから。昇太だって、夏京くんが自分のために疲弊《ひへい》していくのは悲しいと思う」

「そうか。俺としちゃまだまだ昇太が危なっかしくてそばでフォローしたい。だけど心南が心配してくれてる通り、部活でいっぱいいっぱいだったみたいだわ。それ以外の、別の筋肉使う運動が重なってくるのは、実は、想定してたより厳しかった」

「これからもちょっとしたコツとか相談とか、そういうのには乗ってあげてくれると嬉《うれ》しい」

「そりゃもちろん。だけど、このへんが潮時だな」

寂しいな、と胸に迫《せま》る思いがある。これで夏京くんとわたしのつながりも切れる。正直、来栖と別れてから日も浅いこの短時間で、チャラ男で理想真逆だと思っていた夏京くんを好きになったのは、自分でも驚異《きょうい》だ。それも本当の彼の姿を知り、投網《とあみ》にかかった魚さながら、なす術《すべ》もなく惹《ひ》かれたからだ。

「心南、この後俺につき合えよ。飯食って帰ろう」

「えっ。いいの？」

蘭先輩がいるのに。

今までのお礼にご馳走《ちそう》したい気持ちはあったけど、それは蘭先輩に悪いと遠慮《えんりょ》して言い出せなかった。あとでプレゼントを買って渡《わた》すつもりだった。

「昇太のことがなくなっても、俺らの間には賭《か》けがあるぜ」

「賭けか」

それはもう夏京くんの勝ちなんじゃないの？　わたしはこの期《ご》に及《およ》んで夏京くんの口から、〝貴子先輩が好きだ。中途半端《ちゅうとはんぱ》な気持ちじゃない〟という決定的な言葉を聞くのを怖《こわ》がっている。

夏京くんも、どうして言わないんだろう。

もしかしたら安藤くんが原因だろうか。安藤くんも蘭先輩のことが好きだ。まだ安藤くんとの間で蘭先輩とつき合うとか、そういう決着がついていないのかもしれない。

友情と恋心《こいごころ》の兼《か》ね合いが難しいことを、わたしは真彩と来栖の件で体験済みだ。

実は、昇太の野球を打ち切ったのは、もちろん夏京くんの体力面を心配してのことが第一だったけど、これで賭けはチャラになるかも、蘭先輩《せんぱい》と夏京くんの今の関係について聞かなくて済むかも、という気持ちが働いたことは否《いな》めない。

「俺は心南の心から、あの来栖ってやつを追い出すことをまだあきらめたわけじゃねえからな」

そうなの？　そのわりに、夏京くんは、わたしが好きになりそうな誰《だれ》かを、わたしに引き合わせるような働きかけはしていないよね。わたしが夏京くんの相手を吟味《ぎんみ》して、もう蘭先輩しかいない！　と思って合宿に誘《さそ》ったみたいに。わたしごときのことで動いたりしないのかと思っていた。

「来栖のことはもう……」

なんとも思っていない。わたしの心にはもう違《ちが》う人がいるよ。

それでもこの恋愛《れんあい》も、夏京くん的にはアウトなんだろうな。だって来栖と同じように、脈のない相手に胸を痛める恋愛だもん。

「何？　なんて言ったんだ？」

「なんでもないよ」

「行こうぜ。心南」

夏京くんはわたしの手を握《にぎ》って立ち上がった。そのまま速足で小道から道路に出るから引っ張られているようだ。低い緑の立木が左右に流れていく。

つないだ手と手が熱い。こんなことしていいの、夏京くん。蘭先輩は？

今まで軽いつき合いしかしてこなかったから、彼女ができたら他の女の子とこれはNGだと、知らないのだろうか。

ちゃんと伝えるべきなのに、わたしは、口を開けなかった。

神様、今だけ夏京くんの彼女に……なったつもり、にさせてください。

「飯食って帰ろう」と夏京くんは言ったけど、その間だけ、ひとときでいい。この人の近くにいたい。

夏京くんとご飯。量だけが取り柄《え》の体育会系男子御用達《ごようたし》の定食屋かなんかに、連れて行かれるんだろうと思っていた。それでも夏京くんの生活圏《けん》を知れるだけでわたしは嬉しい。

でもどうやら違うらしい。夏京くんはわたしたちの路線の乗換駅《のりかええき》で降りた。スマホの地図アプリを頼《たよ》りに、わたしの手を引いたままうろうろ迷っている。

「どこに行くの」

「内緒《ないしょ》。そう遠くないはず。てかこういう地図アプリを使ったことがなく……おっ！」

「おっ！」

目の前には真っ白いビルが現れた。

「なんか、女子高生に人気らしい。心南来たことある？」

「ない……えっ！　でもここ、いつか行きたいね、って話してたカフェだー！」

〝月の落とし物〟というお店で、器《うつわ》から、使っているフルーツに至るまで月や星をモチーフにしているらしい。

実際に来たことはなかったけれど、店内は流星群をイメージした青一色で、壁《かべ》では流星が降り注いでいると画像を見て知っていた。

美月やすみれと騒《さわ》いでいたお店だった。なかなか行けなかったのは、わたしたち一般《いっぱん》高校生のお小遣《こづか》いだと、そこそこ奮発しなければならないようなお値段だったからだ。

どうして女子高生が好きそうな店に、夏京くんは地図アプリを使ってまで連れて来てくれたんだろう。地図アプリを使いながらも迷っていたってことは、夏京くんも来たのは初めてだろうか。

「好きかな、こういうとこ、って。一応心南も女子だし」

「一応って何？　一応って！」

この夏京くんとの気を遣《つか》わない空気が好きだ。好きなのに素《す》の自分全開でいられて楽しいのだ。こういうことをしたら呆《あき》れられるとか、こういうのは女子っぽくないとか、いっさい考えなくて済む。

夏京くんからは、女子とはこうあるべき、みたいな価値観の押しつけを全く感じないのだ。つき合っている時に来栖の前でしてしまい、注意されたテーブルマナーの間違いも、夏京くんは気に留めてもいない。たぶん夏京くんのほうがいいお家《うち》出身なのに。

大きな扉《とびら》を夏京くんが開けてくれ、わたしに先に入ることを促《うなが》す。口が悪いわりに、こういうマナーをこっちが気づかないほど自然にこなすのに、相手にそれを要求することはない。

ウエイターさんがすぐに近づいて来てくれ、席に案内される。写真で見た通り、壁には星が瞬《またた》き、たまに流星が尾《お》を引いて転がるように落ちる異空間だった。

「メニューがめっちゃかわいいんだけど」

来ているのが女子のグループかカップルばかり。ゆえに男子の比率が低い。夏京くんはそういうのも気にしないタイプらしい。

「へえ。こういうのがかわいいのか」

写真を珍《めずら》しそうに眺《なが》めている。

「かわいいよ！」

「世界が広がるぜー、あなたの知らない世界、って感じ」

今まですごくたくさん女の子とつき合ったのに、こういうところには来なかったんだろうか。

それからわたしたち二人は、それぞれいちごとマンゴーのパフェを頼《たの》んだ。上に星や三日月の小さいクッキーが飾《かざ》られている、見た目も鮮《あざ》やかな赤と黄色のパフェ。

わたしは夏京くんのマンゴーパフェと自分のいちごパフェを並べて写真に撮《と》り、その流れでちゃっかり夏京くんとも一緒《いっしょ》に写真を撮った。こんなことは二度とないはずだから、間違いなく夏京くんとのたった一枚のツーショット写真になる。

青い宇宙のような空間で、夏京くんと二人で食べるパフェは、今まで食べたどの食べ物よりもおいしかった。

併設《へいせつ》の雑貨屋さんではこのお店で使っている器や、ジャムなんかが売られているらしい。ここからその一角が覗《のぞ》ける。

鎖状《くさりじょう》のものがちらちらと揺《ゆ》れているのはネックレス、その下にかかっている金具のついたものはキーホルダーだろうか。コンセプトが宇宙空間だから、そういうモチーフのものが多いんだろうな。

明らかに女の子のためのお店なのに、地図アプリを使ってまで夏京くんが来てくれたのが嬉《うれ》しかった。

デートの下見じゃないのかな、って考えが脳裏《のうり》をかすめなかったわけじゃない。でも今はそれは封印《ふういん》することにした。

そこのお店から出て家に向かう。今日も夏京くんは家まで送ってくれるらしい。

家の前でバイバイをし、わたしが玄関扉《げんかんとびら》を開けて中に入るまでを見送っていてくれる。

「今日はありがとう」

奢《おご》らせてほしかったのに、結局、押し切られて夏京くんが払《はら》ってくれた。

「いいよ。またな」

「うん、またね」

わたしは名残惜《なごりお》しくて肩越《かたご》しに扉が閉まるまで手を振《ふ》り続け、身体《からだ》が斜《なな》めを向いた状態で玄関に立った。夏京くんが口にした〝またな〟の響《ひび》きを噛《か》みしめる。

楽しかったな。デートみたいだった。わたしは余韻《よいん》でそこからしばらく動けずにいた。

「えっ」

その時わたしのスマホが鳴り出した。電話だ。表示されている名前は来栖のものだった。

なんだろう、こんな遅《おそ》くに、といぶかりながら電話に出る。

「はい。心南だよ」

「僕。来栖」

「うん、どうしたの?」

「今心南、あいつと帰ってきただろ? 窓から見えた」

なんだかいつもの来栖と雰囲気《ふんいき》が違《ちが》うような気がした。

「夏京くんのことだね? うん、ちょっとね」

「相談があるんだけどさ。今外に出てきてくんない?」

「……うん。わかった」

そこでわたしは、自分の気持ちが決定的に来栖から遠く離《はな》れていることを突《つ》きつけられた。一日の締《し》めくくりを来栖じゃなくて、夏京くんのまま終わりたかった、と自分が強く思っている。

でも相談と言われたらどうしようもない。来栖からの相談なんて、真彩のことに決まっている。

わたしは今入ったばかりで靴《くつ》も脱《ぬ》いでいない玄関扉を再び開けた。

外は真っ暗で街灯の灯《あか》りしかなかった。曇《くも》り空でお月さまもお休みだ。

来栖はわたしの家の真ん前にいた。住宅街で、同じようなそう大きくない家ばかりが密集して並んでいる。

「何？　来栖。真彩のことだよね」

「まあな」

「どうしたの？」

「そうせかさなくてもよくない？　初夏で風が気持ちいいじゃん」

わたしは来栖のその態度にいら立った。来栖に対していら立つ自分にびっくりする。

早く切り上げて自分の部屋に戻《もど》り、今日夏京くんに連れられて行った店の写真を見返したい、と思っている自分に、もはや驚《おどろ》くこともない。

「明日《あした》、早い時間に予定があるんだよね」

わたしと来栖が、おだやかな気持ちで会話できるようになるには、最低でもあと十年はかかりそうな気がする。少なくともわたしのほうは。

だって、来栖がわたしに黙《だま》って真彩を口説き落としてつき合い始めた頃《ころ》、わたしたちの関係は冷えていたとはいえ、まだ別れてはいなかった。言ってみれば立派な二股《ふたまた》だ。

それに関係が冷えたのだって、意味もわからず来栖からの連絡《れんらく》がとぎれとぎれになったからだ。既読《きどく》が二、三日つかないなんてあたりまえだった。でも来栖が長いこと好きでやっとつき合えたわたしは、それを責めることすらできずにいた。

その頃の事態の異常性に、わたしは最近やっと気がついたような気がする。あんなにひどいことをされても結局、わたしは来栖を好きで、嫌《きら》われたくなくて、彼の呪縛《じゅばく》にとらわれたままだったのだ。

でも、その呪縛を解く人がわたしの前に現れた。恋愛《れんあい》は素晴《すば》らしいものだと今でも思っている。来栖に感じた自分の気持ちだけは本物だ。

でも、来栖はあの時、人として間違ったことをした。どうしてだろう。わたしの好きになった来栖は、そんな人じゃなかった……はずだ。

「あいつと絡《から》みだしてから態度がすっかり変わっちゃったよな、心南。あのチャラいやつ」

「夏京くん？　見た目は確かにチャラいけど、中身はすごくしっかりしてるよ」

昇太が夏京くんに助けられた顛末《てんまつ》を話そうと思って止《や》めた。昇太のプライバシーにかかわることを持ち出して、説明するほどの義理を感じなかったからだ。

だいたいどうして夏京くんのことを名前で呼ばないんだろう。この間、ママが車で昇太を軽井沢まで迎《むか》えに来てくれた時、足をくじいた夏京くんも一緒に帰っているはずだ。

そう思い至った時、そうだ、来栖だって我が家のためにママをナビして軽井沢まで来てくれたのだと思い出した。夏京くんと蘭先輩《せんぱい》の関係に動転していたわたしは、あまつさえ来栖の腕《うで》の中で泣いてしまったのだ。

つい最近のことだ。あの時来栖にすごく感謝したのに、どうして今日はこんなに不快感を抱《いだ》くんだろう。

「この間は、ありがとう。みっともないところを見せちゃってごめんね」

夏京くんと蘭先輩のことで頭がいっぱいだったわたしは、来栖にあの時きちんとお礼を言えていたのかどうかさえ思い出せない。

「それはいいんだよ。あのおかげで自分の気持ちがはっきりしたのもあるんで」

「…………」

「実は、あんな形で真彩とつき合い出してから、もやもやすることが多くて、自分の一番好きな人は誰《だれ》だろう、って……」

「え？」

真彩だから、わたしを振って彼女とつき合い始めたんでしょ？

「真彩を知る前からさ、心南に『ずっと好きだったのにつき合ったとたん振られちゃった友だちがいて、どうやって気持ちを回復させてあげたらいいか』って相談されたことがあっただろ？　心南の親友なら、なんとかしてあげたい、みたいに考えるうちに、自分の頭の中で〝なんとかしてあげる〟の間違った方程式が立っちゃってたみたいでさ」

「どういうこと？」

「真彩と一緒《いっしょ》にいても心南のことばかり考えてた」

「はい？」

「そこにきて、この間怪我《けが》した昇太を迎えにおばさんと一緒に心南の泊《と》まるホテルに行った時、心南、僕に抱きついてきてくれただろ？　あの時、はっきり自分の気持ちに気づいたっていうか」

「……ちょっ……ちょっと待ってよ、来栖」

来栖はわたしのほうに、二、三歩、足を踏《ふ》み出した。わたしは二、三歩後ずさる。

真彩とわたし、天秤《てんびん》にかけるような気持ちでつき合っているなんて真彩がかわいそうだ。

真彩がたった二週間で一方的に別れを告げられてしまった安藤くんへの想《おも》いから、決別できたのは、来栖がいてくれたからで……だからわたしはものすごく悲しかったし、複雑だったけど、黙って引き下がった。引き下がるしかなかった。そりゃ嫌われたくなくて、もう心のない来栖に対して我を通す勇気がなかったからって理由もある。

でも一番は、真彩を大事にしてくれると信じたからだ。

「心南」

戸惑《とまど》うわたしの反応を、恥《は》ずかしがっているか何かだと勘違《かんちが》いしているらしく、来栖の態度は自信満々だった。

「ちょっと待って！　落ち着いて話そう」

真彩とすごい喧嘩《けんか》をしたとか、何か理由があって来栖も気が動転しているのかもしれない。それでも簡単に許せる話じゃないけど。

「心南、もう一度やりなおそう？」

その瞬間《しゅんかん》、頭に血がのぼった理由は、来栖の言葉そのものよりも、口調だった。一言でわたしが自分にたやすくなびくと信じて疑わないその口調。

「ふざけんなっ！」

「えっ？」

喉元《のどもと》まで出かかっていたセリフが、後方から飛んできたことに混乱した。

「なんだよ。お前、盗《ぬす》み聞きとかめちゃやばいんだけど」

わたしはとっさに振《ふ》り向く。すごい勢いでこっちに突進《とっしん》してくるのは夏京くんだった。

「やべえのはお前だろ？　心南にしたって真彩って子にしたって、モノじゃねえんだよ」

夏京くんは拳《こぶし》を振り上げている。まずい。どうにかして止めなきゃ。

わたしは突進してくる夏京くんの行く手をさえぎるように来栖の前に立った。そして来栖の頰《ほお》にバチンと平手を振り下ろした。

夏京くんが殴《なぐ》ってしまったら、最悪部が活動停止処分を食《く》らうからだ。

叩《たた》いてはみたものの、誰かを平手打ちしたことなんかなく、力もこめなかったから、来栖にしてみたら頬になんか止まったぞ、くらいの感覚でしかないんだろう。身構えていなかったはずの顔だって、ぜんぜん動いていない。

だけど来栖は、目を限界まで見開き、水でもぶっかけられたような表情をしていた。

背後で髪《かみ》が、何かを振り切った時にできる風で揺《ゆ》れる音がし、わたしが間に入ったことで、夏京くんが無理に拳の軌道《きどう》を変えたんだと知った。あぶねー、と後ろで呟《つぶや》きが聞こえる。そして、わたしの横からのそりと姿を現す。

〝心南にしたって真彩って子にしたって、モノじゃねえんだよ〟

そう叫《さけ》んでくれた夏京くんの気持ちが嬉《うれ》しかった。

「来栖。何かあったんだよね？　わたしが長年見てきた来栖は、そんな人じゃなかった。今だから言えるけど、来栖がわたしにしたことは、安藤くんが真彩にしたことと同じで、
うらん……もしかしたらそれ以上で……」

安藤くんは、たぶん蘭先輩への初めての恋心《こいごころ》に気づいた。だからうまくいくかどうかもわからなかったけれど、真彩とは別れた。中途半端《ちゅうとはんぱ》な気持ちでつき合うことがどれほど相手に失礼なことか、恋愛をしてみてやっと知ったんだろう。

だけど来栖は、わたしとまだつき合っている状態で、つき合っていることを伏《ふ》せて真彩

と四人で友だちデートをした。真彩が自分になびかなかったら、わたしのほうに戻《もど》ろうとしていたわけ？　確信犯じゃない。

「そんで俺がまたつき合おうって言えば心南は絶対戻ってくる、みたいなその謎《なぞ》の自信に満ちた顔はなんだよ！」

わたしが感じたそのままの気持ちを、夏京くんが代弁してくれた。

「あんたこそなんだよ、噂《うわさ》によれば元カノがその年にして十人とか二十人とか、すごい数なんだろ？　僕にどうこう言える立場じゃないし」

確かに……。

夏京くんは唇《くちびる》を引き締《し》め、黙《だま》った。

だけど思うに、夏京くんが確信犯だったことは絶対にない。夏京くんの場合、恋愛《れんあい》を知らないがゆえの、つき合う意味を測りかねているがゆえの、あの彼女の人数なのだ。軽い気持ちの子ばかりが寄ってくるから、彼のほうが振られることが半分。自然消滅《しょうめつ》が残りの半分。

でも、恋愛を知った今、その過去を彼は悔《く》いている。

だからこそ夏京くんは、さっきまでの勢いを失い、口を開けずにいる。

「心南、二人で話したい」

来栖がわたしに言葉をかける。

「いいよ……」

来栖とわたしの会話に、隣《となり》にいた夏京くんが息を呑《の》むのがわかった。歩を進めようと身体《からだ》を前に乗り出したわたしの二の腕が、〝行くな〟と言わんばかりに力を入れて掴《つか》まれた。

「夏京くん、大丈夫《だいじょうぶ》だよ。どういうことなのか聞いてくるだけだから」

とっさにわたしの腕を掴んだ夏京くん自身が驚《おどろ》いたのか、その手は一瞬で離《はな》された。

「そっか。じゃあ、前話した公園で待ってる」

「うん」

好きな子がいながら、わたしのことまで心配してくれる夏京くんは、あまりにも優《やさ》しい。でも、誰《だれ》にでも優しいことは罪だと、それは学ばなくちゃいけない課題だよ、夏京くん。そういうところこそが一番好きなのに、矛盾《むじゅん》してるね、わたし。

来栖のほうに歩き出し、一メートルは間隔《かんかく》が空いたところで、夏京くんが呟いた。

「心配。あんまり遅《おそ》かったら捜《さが》しに行く」

独り言みたいな小さな声だったから、来栖には聞こえなかったと思う。

わたしは、涙《なみだ》がこぼれないように唇をぎゅっと噛《か》みしめた。

夏京くんが公園方面に立ち去った後、道路の縁石《えんせき》に座り込もうとする来栖。

「座って話そうか」

「いいよ、このままで」

「あんな奴《やつ》に負けたくない。あんな奴に心南を取られたくない」

わたしは、知らない人を見るような感覚で来栖を眺《なが》めてしまった。

「来栖、来栖は真彩の彼氏だよ？　真彩とつき合ってるんだよ？」

「そうだけど……負けたくないんだよ」

負けたくない……って。え……。

今までの来栖の行動すべてが、その言葉でつながったような気がした。

なるほど。そういうことなんだ……。

長年保留にしていたわたしに突然《とつぜん》つき合うと返事をしてきたのは、わたしがラブレターをもらったのを見られた次の日だ。

真彩とつき合ったのも、真彩の心の中にいる安藤くんに勝ちたいという気持ちが出てきてしまったから。

現在真彩とつき合っているにもかかわらず、夏京くんというかっこいい男子が、元カノであるわたしのまわりに見え隠《かく》れすることで、また負けたくないという闘争心《とうそうしん》が湧《わ》いた。来栖が女の子とつき合う基準って何？　高校に入ってから、なかなかわたしとつき合うことにならなかったのは、来栖の闘争心をかきたてる誰《だれ》かがいなかったから？　突然つき合うことになったのも、わたしがラブレターをもらったから？　戦う相手が出てきたから？

恋愛は勝ち負けじゃないよ。夏京くんが相当に難しいこじらせ方をしていると思ったら、来栖のほうが重症《じゅうしょう》かもしれない。

来栖はどうしてそんな考え方になってしまったんだろう。わたしは、来栖のいったい何を見て長い間恋心を抱《いだ》いていたんだろう。こんな来栖に、真彩を託《たく》したままで大丈夫なんだろうか。

「じゃあ、真彩とは別れるってこと？」

「……別れるよ」

夏京くんが自分のこじらせに気づいていなかったように、来栖も、自分のこじらせに気づいていない可能性だってある。どっちのこじらせ方を知っても、さすがに来栖はわたし的に許せる範囲《はんい》じゃない。

どうして、いつから、そんな人になってしまったのか、ずっと近くにいたわたしでさえ気づかなかった。でも来栖は、長いことわたしが見つめ続けてきた人なのだ。

「来栖。気がついてるかな。恋愛を来栖は勝負事にしちゃってると思う」

「は？」

「気になる子に、その子を好きな、来栖にとってのライバル的存在が現れると、とたんにその子を渡《わた》したくなくなる。ライバルに勝ちたい気持ちが湧いちゃうんじゃない？　真彩の時は、真彩の心にいる安藤くんに勝ちたくなった」

「そんなこと……ないだろ」

「じゃあ、わたしが夏京くんとはなんでもないよ、って言っても真彩のところには戻らない？　実際なんでもないんだよ。ただの昇太の野球指導をしてくれてるコーチってだけ。サッカー部は距離《きょり》の詰《つ》め方が独特だから、やたら親密に見えるのかもしれないけど」

「そうかな」

「じゃあいいよ。それは置いておこう。でも真彩とつき合っている状態で、わたしとヨリを戻そうって言ってくるなんて、わたしのことをバカにしてる。真彩のこともバカにしてる」

「それは、この後ちゃんと……」

「もし、ほんとにわたしとつき合う気があるなら、真彩と別れてからもう一度告白しに来てよ」

「…………」

「ただし、わたしの答えは決まってるけどね。もう来栖に気持ちはまったくないよ」

「…………」

「来栖。わたしが言ったこと、よく考えてみてくれない？　恋愛は勝ち負けじゃない。どれだけ自分がその人を好きかって、ただそれだけだよ」

来栖のわたしを見る目は知らない人間を見るようなそれだった。わたしにこんなことを言われるのが青天《せいてん》の霹靂《へきれき》なのか、目からうろこなのか、はわからないけど。

「今の来栖とは友だちでいるのさえ厳しいよ。できれば大事な真彩を来栖に託したくないと考えちゃうくらい」

「…………」

「わたしの好きになった来栖は、明るくて頼《たよ》りがいがあった。もう一度、あの来栖に会いたいな」

来栖はアスファルトを見つめていた。睨《にら》んでいた。

あたりは街灯の灯《あか》りだけの暗がりで、人っ子ひとりいない住宅街。冷たい色のアスファルトがどこまでも続いている。

ここまで来栖をストレートに攻《せ》めてしまったわたしは、これから来栖がどう動くのかわからなくて、正直怖《こわ》かった。

わたしの言葉が届いてくれることを信じたい。

「わたし、行くね」

来栖に慎重《しんちょう》に背を向け、立ち去る。背後で動く気配がないことに、腰《こし》が抜《ぬ》けそうなほど安堵《あんど》している自分に気づく。

「心南」

「わっ！」

後ろにばかり気が向いていて、正面から近づいてくる人に注意を払《はら》っていなかった。

目の前に立っていたのは夏京くんだ。

「遅いから、心配で」

夏京くんの顔を見たとたん、安心感で体中の気力が流れ落ちる感覚がした。そこで初めて、わたしは圧倒的《あっとうてき》な恐怖《きょうふ》と闘《たたか》っていたんだ、と気がついた。

「……夏京くん」

「行こう、心南」

「うん」

夏京くんはわたしの手を取り、来栖がいる方向とは逆に速足で歩きだした。足がもつれてうまく歩けないながら、ここから一刻も早く立ち去りたくて、わたしは必死に夏京くんの歩く速度についていった。

手をつないで夜道を歩く。この手を放したくない。こんなことはしちゃダメなんだ、と脳が警鐘《けいしょう》を鳴らす。でも蘭先輩《せんぱい》のものにも、誰《だれ》のものにもならないでほしい。

これは勝ち負けじゃない。だって蘭先輩と争いたくなんかない。蘭先輩が違《ちが》う人を好きだったらどんなにいいだろう。

夏京くんと蘭先輩は両想《りょうおも》い。これがわたしの単なる早とちりだったらどれほど幸せだろう。

そこで思い出してしまう。リゾートホテルの部屋から夏京くんや昇太が野球をやっているところを見下ろしていた蘭先輩の横顔。あれが恋《こい》をするまなざしじゃなくてなんなのだろう。わたしは、罪を犯《おか》しているつながれた手から意識をそらそうとした。

気がつくと、夏京くんと何度も来ている小さな公園の木立の下にいた。人の姿はまったくない。

「心南、何言われたんだよ。顔、真っ青だぞ」

「……………」

言葉を発したら泣いてしまいそうで、口元に力を入れる。

後頭部に強い力が加えられてぐっと前に引き寄せられたと思ったら、いきなり視界がふさがれる。何が起こったのかわからない。

温かくて表面だけ弾力《だんりょく》のある硬《かた》い感触《かんしょく》と、若草のような力強い香《かお》りが鼻腔《びこう》をくすぐり、夏京くんの胸に抱《だ》き寄せられているんだと悟《さと》った。

「……俺でいいじゃん」

そう耳元でささやかれる。

「どういう……意味？」

「だから、俺がちょうどいいんだって」

わたしを抱きしめる夏京くんの腕《うで》の力が強くなる。これは、何かの夢？　わたしはもしかして今、自宅のベッドで眠《ねむ》りについている？

「…………」

「俺とつき合えば、全部解決するんだよ」

「つき合えば……？　意味わからな……くるし」

あんまり強い力で抱きしめられているから呼吸ができない。

そこで夏京くんは、はっとして腕をゆるめ、わたしから飛びのくように離《はな》れる。

「悪い」

そのまま気まずそうに顔をそむけ、ドカンとベンチに座った。わたしもつられるように隣《となり》にそっと座る。

いつもなら、今のはどういう意味なの、説明して、とぎゃんぎゃんわめきたてていたところだと思うけど、今のわたしはまるっきり借りてきた猫《ねこ》だった。

ただちょこんと夏京くんの隣に座り、辛抱強《しんぼうづよ》く今の行為《こうい》の説明を待っている。夏京くんが口を開いてしまえば、わたしが意識の裡《うち》で強く激しく願っている世界は幕を閉じてしまう。

「さっきの心南、すごい形相だった。まさかあいつになんかされたわけじゃねえよな？」

「話してただけ。だけど、来栖が知らない人みたいで怖かった。夏京くんの顔見たらほっとして、とたんに気が抜けて……」

「そういう感じだったよ。今にもくずおれそうだったから、とにかく心南をあいつから遠ざけなくちゃ、と思った」

「うん」

それより、さっきの、わたしを抱きしめた時の言葉の意味を教えてほしい。

もしかして、心細そうなわたしを見て父性本能が湧《わ》いちゃった、とかなのかな。

だって夏京くんが好きなのは蘭先輩のはずだよね。でもそれなのに、わたしにあんなことをする意味は何？　返事次第《しだい》じゃ許さないんだから！

心の中で言葉を連ねれば連ねるほど、現実のわたしは寡黙《かもく》になってしまう。

夏京くんは、なかなか口を開いてくれなかった。隣を見ると、すっかり首を垂《こうべ》れ、膝《ひざ》に置いた両腕で自分の体重を支え、前のめり姿勢になっている。

「夏京くん……」

わたしが控《ひか》えめに呼びかけるとぱっと身体《からだ》全体を起こし、まっすぐに前を向いた。

「……賭《か》け、したじゃん！」

「賭け？　あ、うん」

『わたしが夏京くんに〝ちゃんとした恋愛《れんあい》〟をさせるのが先か、夏京くんがわたしの心から、来栖を追い払うのが先か』の、あの賭けのことだよね。

わたしは次に続く夏京くんの言葉に身構えた。

夏京くんは蘭先輩を好きになり、本当の恋愛を知った。でもそれってわたしが介入《かいにゅう》しなくてもなし得たことなんじゃないだろうか。

対して、〝わたしの心から来栖を追い払う〟、これは夏京くんの力なしではこんなに早く実現できなかったことは間違《まちが》いない。つまりこの賭けは、事実上わたしの負けなのだ。夏京くんがどう思っているのかは別として。

「この賭け、そ、双方《そうほう》が同時にうまくいく方法があってだな」

「え?」

「心南の心から、あいつを、俺が追い払い……」

「え?」

「だから! 心南の心からあいつを俺が追い払い、心南が俺に、ちゃんとした恋愛を……さ、させる」

「え?」

「もうっ! いちいち『え?』って聞くなっ!」

　夏京くんは座った状態のままベンチの上に両方の靴《くつ》を開いて乗せ、脚《あし》が鋭角《えいかく》に曲がったことでできた二つの膝頭《ひざがしら》の上に両手を伸《の》ばした。そして両腕の間に首を垂れた。

　こんなにうろたえる夏京くんを見るのは初めてで……いや、このスタイル自体、想像もできない姿で、わたしは口をあんぐりと開けた。

　だけど夏京くんの放った言葉はしっかり耳にこびりついているのだ。

『心南の心からあいつを俺が追い払《はら》い、心南が俺に、ちゃんとした恋愛をさせる』

　これ、どういう意味？

「む……むずい」

「むずい？」

「俺、こんなシチュエーションは初めてだしテンパりすぎてる。それより、女子に対して怖《こわ》いなんて感情が湧く自分に戸惑《とまど》いすぎて、頭ごちゃごちゃ。どうしたらいいんだか……」

「怖い？」

「嫌《きら》われるのが怖い。好かれないのが怖い。今の関係を壊《こわ》すのが怖い」

それって……どっちに対しての感情？　もちろん三分前だったら百パーセント蘭先輩への気持ちだとわたしは解釈《かいしゃく》していた。でもさっきの、

『心南の心からあいつを俺が追い払い、心南が俺に、ちゃんとした恋愛をさせる』

って何？

加えて抱きしめられた時に耳元でささやかれた〝俺でいいじゃん……俺がちょうどいいんだって〟ってあの言葉。脳内で今言われたセリフに結びついて、自分に都合のいい推察に形を変える。

わたし少しは期待してもいいの？　いや！　ダメだ。ダメダメダメダメ！　何を考えているの？　わたしごときがどうやって蘭先輩《せんぱい》に勝てるんだ！

かき乱される思考に小さい子供の声が割って入る。

「わあ！　お母さん。あそこのお兄ちゃんとお姉ちゃん、顔の色が赤くなったり青くなったりして面白《おもしろ》いよー」

「しっ！　そういうことは思っても口に出しちゃダメなのよ真人《まさと》。おほほほほ。青春ねえ」

「あの信号みたいなのがセイシュンなのー？　セイシュンってお笑いみたいだねー、お母さーん」

幼稚園《ようちえん》の制服を着た男の子がお母さんに手を引っ張られ、わたしたちの目の前をそそくさと通り過ぎていく。

ベンチに座る二人に盛大な気まずさだけを残して。

「だああー！　あんな幼稚園児にバカにされる日がこようとは！　まったくわけのわかんねえもんだな。恋愛って」

夏京くんが首の後ろで両手を組んでのけ反った。腰《こし》がずり下がるけど、まだ両足はかろうじてベンチの上にとどまっている。

「れ！　れんあいっ？」

「そうだよ、わかるだろ？　心南は宣言通り、俺に初めての、本気の恋愛をさせた。お前の勝ちなんだよっ」

「相手って……わた、のわけないよね。……蘭先輩を好きってこと？」

都合のいい妄想《もうそう》はどうにか口の中だけで無理やり押しつぶし、現実的な質問だけが夏京くんの耳に届いたと思う。

「なんでそういう解釈になるんだよ。貴子先輩が好きなのは基。基は貴子先輩のことが好きになって、本気の恋愛なんだと気がついて、真彩ちゃんと別れたの。あの時はただのマネージャーと部員だったけど、二人はその数か月後にうまくいって、今はラブラブのカップルなんだよ」

「はいっ？」

頭の中がいきなり真っ白になった。

……嘘《うそ》だよ、そんなの。あんなに有名な二人なのに、ぜんぜん噂《うわさ》になっていないじゃない。

「心南は俺の恋愛の相手として貴子先輩に白羽の矢を立てて旅行に連れてきたんだろ？　ダメじゃん。サッカー部には、部員とマネージャーの恋愛は禁止って今どき珍《めずら》しい時代錯《さく》誤《ご》な規則があるの、知らねえの？」

「し、知らなかった」

だから蘭先輩と安藤くんの交際も公表していないのか。というか、じゃあ最初から……最初から夏京くんの好きな人は蘭先輩じゃなかったってこと？

「気づけよ、俺は貴子先輩って呼んでるけど、基は貴子、って呼び捨てだろ？　先輩を！　部活中はそんなことしないから、知ってるのは一部だけどさ」

「……そ、そうか」

わたし、どれだけ目が曇《くも》っていたんだろう。蘭先輩と夏京くんの間柄《あいだがら》のことしか考えていなくて、安藤くんの存在はまったくの無視だ。

「俺は自分から告白なんてしたことないし。やり方もわかんねえし。今の気安い関係を壊すのがめっちゃ、めっちゃくちゃ、怖いの。でもそれ以上に、心南とこれ以上友だちでいることに耐《た》えられない」

「………」

「いつか他《ほか》の男が心南の心を摑《つか》んで俺から離《はな》れていくことを、その時になって襲《おそ》われる壮《そう》絶《ぜつ》な後悔《こうかい》のことを想像すると、玉砕《ぎょくさい》してでも今気持ちを伝えるべきだって……思った」

「つつつ、つまり、よよよ、要約すると、夏京くんの好きな人って……」

「要約も何もはっきり心南が好きだって告白してる。賭《か》けは、俺の負け」

心臓が、ありえないほど強く内側からろっ骨を叩《たた》く。何かの病気なんじゃないかと疑うレベルだ。

「………」

「心南？　なんでそんなに……」

何も言わないわたしを夏京くんがおそるおそる覗《のぞ》き込み、息を吞《の》む。

声が出ないのはどうしてなのかと混乱していたら、我慢《がまん》していた涙《なみだ》が喉《のど》につまり、そこをふさいでいるからしかった。

大きく深呼吸したら、つまった涙が両頰《りょうほお》を伝ってくれた。

「この賭けは、引き分け……」

「え？」

「夏京くんが、わたしの心から、来栖を一掃《いっそう》したから。片鱗《へんりん》もないくらい。あとかたもなく」

「俺が？」

「うん」

「それって、俺のことが好きってことだよな。いや！　そういうことなんだよ心南。はっきりわかってないだろうけど、それはな、その感情はな、心南が俺を好きってことなんだよ」

その結末で強引《ごういん》に丸め込もうとする夏京くんの見当はずれっぷりが、あまりに彼らしくて愛《いと》おしい。愛おしくてたまらない。

「わかってなくなんかないよ。わたしも怖かった。夏京くんはわたしじゃなくて、蘭先輩が好きなんだと思ってても、二人は両想《りょうおも》いでお似合いなんだと自分に言い聞かせても、辛《つら》くてどうしようもなかった。真実を知るのが怖かった」

「じゃ自分が好きなのに、なんで俺と貴子先輩をくっつけようとしたんだよ」

「その時は気づいてなかったんだよ。わたし、バカみたいでさ。気づくのが遅《おそ》くて」

「俺なんか賭けを持ち出した時から、心南の心から来栖を追い払《はら》うのは俺だと思ってたわ。心南の心は全部俺が占拠《せんきょ》してやる！　って息巻いてた」

「そうなの？」

だから夏京くんは、わたしにふさわしい誰《だれ》かを連れてくることはしなかったんだ。信じられない。奇跡《きせき》だよ。

「俺のが、恋愛偏差値《れんあいへんさち》が高いっていう驚異《きょうい》の結果」

「ほんとだ、ね」

涙が止まらなかった。夢じゃないよね？　今までの夏京くんの相手みたいに、すぐに別れちゃったり……。

「今までの彼女《やつ》みたいに、部活が忙《いそが》しくて会えなくてつまんねえ、とかいう理由で、心南は別れたりしないよな？　俺、がんばるから。心南のためならがんばれる。てか、いくら忙しくても、会えないとか、俺のほうが無理」

「そんな理由で別れるわけ、ないよ」

夏京くんの大きい手が、わたしの頬の涙を不器用にぬぐった。

しばらくどちらも声を出さなかった。

「あ、そうだ」

夏京くんが先に顔をあげ、ポケットの中を探《さぐ》っているようだった。

「どうしたの？」

「これ。渡《わた》すの忘れたから心南の家まで戻《もど》ったんだった。そしたら来栖と鉢合《はちあ》わせした。あー忘れてマジよかった」

小さな紙袋《かみぶくろ》をわたしに差し出した。

「これって？」

「開けてみ？」

テープを剥《は》がして開けてみると、一見深い紺色《こんいろ》だけど、揺《ゆ》らすとかすかに虹色《にじいろ》に光るキューブ形のキーホルダーが出てきた。

さっき一緒《いっしょ》に行った素敵《すてき》なお店の雑貨コーナーのものらしい。宇宙空間をイメージしたあの店に合っている。

いつ買ってくれたんだろう。わたしが化粧室《けしょう》に行っている間かな。

「すごく綺麗《きれい》。ありがとう」

高く持ち上げ街灯の光に透《す》かす。ちらちらと光を放出しながら揺れる紺色のキューブ。

こんなにも美しい紺色は見たことがない。

「藍色《あいいろ》」

と夏京くんが呟《つぶや》いた。

「そうだね」

藍色とも言うか。

「心南が思い浮《う》かべてる漢字は間違《まちが》い」

「え？」

「愛色」

愛の……色？

照れくさそうにささやく、わたしの知らない夏京くんが目の前にいた。

これからも、わたしの知らない彼に、たくさんたくさん出会えますように。

あんなに夏京くんを失うことが怖《こわ》かったのに、なぜか今は、彼の隣《となり》にいるのはわたしだとすんなり信じられる。

5　常夏グラフィティ

わたしは大きな駅の近くのカフェで、完熟マンゴーフラペチーノをすすりながら思案にくれていた。この後、美月とすみれと待ち合わせなのだ。夏京くんとつき合うことになったことを、二人に黙《だま》っているわけにはいかない。

あの日、夏京くんがキーホルダーをくれた日――本当はネックレスにしようとしたけど恥《は》ずかしくて無理だったそう――わたしたちは今までの誤解を解くべく遅くまで話していた。

夏京くんは真彩とわたしを天秤《てんびん》にかけるような来栖の行動を目《ま》の当たりにして、自分もあんなに適当だったのかと猛省《もうせい》していたらしい。

ちやほやされることが多く、恋愛ではないものを恋愛だと認識《にんしき》した時点からスタートしてしまった男女交際。今になってみればそれも彼にとって、成長の大きな通過点になっていた。相手の女の子が、恋愛というよりファン意識が高くて、別れても傷つかない子が多かったことだけが救いだ。でも、もう、これっきりにしてよね、夏京くん。

「なーにをニヤニヤしてるのよ、心南」

美月の声がすぐそばでしたからそっちを見上げた。

「あれっ。美月、すみれ、いつからいたの?」

わたしのいるテーブル席の隣には美月とすみれが立っていた。

二人はテーブル席のわたしの正面に座りながら……ニヤニヤした。

「三秒前かな。入り口ですみれに会ったのよ」

「えと、今日はそのう。二人に話があって……」

「わかってるよ。夏京くんのことでしょ? 学校中の噂《うわさ》だよ」

すみれが口を開く。

「えええええー! まだつき合って二日……」

「夏京くんがちょっと周りに漏《も》らせば一瞬《いっしゅん》で広まるよ、この手の噂は。人気者は違うね、ね? 美月?」

「そうだよ、心南」

サッカー部はすごいな。両方人気の安藤くんと蘭先輩《せんぱい》カップルは、部員とマネージャーだから本来ならつき合っちゃいけない。知っている人の間で徹底《てってい》した箝口令《かんこうれい》が敷《し》かれているのか、噂も聞かない。

「そうだよ、心南！　あたしにはつき合うな！　って言っといてどうしてこういうことになったのか、じーっくり聞かせてもらおうじゃない今日は」

美月の目が、若干《じゃっかん》怖い。

「そして今日は心南のおごり」

と、すみれが追い打ちをかける。

「かしこまりました」

わたしは美月とすみれに、ドリンクをおごらされ、今までの経緯《いきさつ》を聞かれるがままに答えることになった。でも親友二人に打ち明けられたことで、晴れて夏京くんと彼氏彼女になれた気がする。非常にすっきりした。

来週、サッカー部の休みの日、夏京くんと安藤くん蘭先輩カップルで、ダブルデートというのをするのだ。これで半分くらいは心置きなく行ける気がする。

残りの半分は、真彩のことだ。あのまま何も知らず来栖とつき合っているのが真彩の幸せなのかどうか、悩《なや》んでいた。一度は安藤くんのことで辛《つら》い思いをし、今幸せな真彩に、追い打ちをかけるような厳しい事実を伝えるべきかどうか、考えても考えても答えが出ない。

来栖のあの解《げ》せない態度が一時の気の迷いでありますように、と祈《いの》りながら様子を見ることにしたけれど。


『来栖とは別れたよ』

「えっ！」

晴れ晴れとした声で真彩から電話が来たのは、その日の夜のことだった。

『つき合ってから来栖の様子が変だなー、と思い始めるのに、そこそこ時間はかかっちゃったかな』

「そうなの？」

『つき合ってたんでしょ？　心南。来栖と』

「え……なんで」

『つい最近のことだけど。来栖の部屋に行って、来栖と心南が一緒《いっしょ》に写ってるプリクラを見つけちゃったの。友だち、って雰囲気《ふんいき》じゃなかったよ。日付がわたしたち四人で遊びに行った日より後だった。これってもう完全に二股《ふたまた》だよね？』

「ごっ、ごめん、真彩。あの頃《ころ》真彩は安藤くんのことですごく傷ついてたから……」

『心南の気持ちはわかってるよ。ふさぎ込んでたわたしがやっと安藤くんのことをふっきって、他《ほか》の男の子に目を向けた。そのうえうまくいってつき合って、幸せそうにしてるから、何も言えなかったんでしょ？　たとえそれが自分の彼氏でも』

「…………」

『それで心南は黙って来栖とは別れた』

「……確かにね、そうなんだけど。来栖は彼女がいながら、他の子を好きになっちゃった、ってことなんだと思った。どうしたって人の気持ちは縛《しば》れない。世間一般《いっぱん》ではよくあることだよね。来栖、それほどわたしを好きだってわけじゃなかったんだよ、最初から。本当に好きになれる子に出会ったなら、それが来栖の幸せだと思ったし、それで真彩も幸せになれるなら、こんなにいいことはないって、思った」

『ずいぶんいい子ちゃんだね、心南』

「思ったっていうか、自分に言い聞かせてた。辛かったよ、普通《ふつう》に。だけどどうしようもないじゃない。泣いて戻《もど》ってくれってわめいても、来栖の気持ちは戻らない」

『だけど、心南の気持ちが強ければ、泣いてわめいちゃったんじゃないのかな。自分で制《せい》御《ぎょ》できる程度の感情だったんだよ、心南も』

「えっ……！」

わたしは夏京くんのことを思い浮《う》かべた。夏京くんを誰《だれ》かに取られたら……そう思っただけで胸が切り裂《さ》かれたような痛みが走った。もしそうなったらわたし、泣いてわめくのかもしれない……。

わたしの夏京くんへの気持ちは、間違《まちが》いなく来栖を想《おも》っていた時のピークを超《こ》えている。来栖を何年も想っていたのに、数か月の夏京くんがそれをいとも簡単に飛び越《こ》してしまった。

きっと、別れるという判断をした真彩もそういうことなんだろう。来栖への今の気持ちは、前の恋《こい》のピークに届かない。別れても自分は大丈夫《だいじょうぶ》だとわかっていた。

『二兎《にと》を追う者は一兎をも得ず、だね』

「そうだね」

来栖のどっちつかずの態度がわたしと真彩、両方を失った。来栖は、わたしに最近復縁《ふくえん》を持ち掛《か》けたことを真彩に言ったのかな。言っていないような気がする。でもそんなこと、真彩は知らなくていい。

『こうやって学習して、わたし、次はちゃんといい恋愛《れんあい》をするね。あんなに引きずってた安藤くんのことを過去にしてくれたってだけで、感謝してる。来栖にもちょっとだけ同情の余地があるのかも、と思うと』

「同情の余地？」

『心南、長年のつき合いで、来栖が二股なんて、びっくりしなかった？』

「した。保留にしてたわたしとのつき合いを始める時はわたしがラブレターをもらったすぐ後だったし、真彩は忘れられない元カレがいるって状態で。来栖にとって恋愛はまるで相手を打ち負かすための勝負事みたいに見えて、すごく違和感《いわかん》があった。なんであんな考えになっちゃったのかな」

『来栖にとって、身の回りのすべてのものが勝ち負けの対象になっちゃってたんじゃないかな』

「どうして？」

『隣《となり》の教門高校ってさ、都立の最難関でしょ？　テストが毎日のようにあって、受験が終わったばっかりの頃《ころ》から受験期みたいな雰囲気みたい。加えて担任が世の中のすべては勝負だ！　って変な価値観を持ってる人みたいでさ。ちょっと洗脳っぽくて怖《こわ》いなって思った』

「えーっ！　それで、わたしみたいに微妙《びみょう》な相手にライバルが出現すると、俺が勝つ、みたいな勝負に発展しちゃうってこと？」

『そうなんじゃないかなー。って、心南とわたしの場合を考えて感じたんだよね』

「真彩の場合は、真彩の心をいつまでも放さない安藤くんとの闘《たたか》いってことだよね。どうして勝ち負けで恋愛を考えるの？　って来栖に言ったことあるけど……」

高校での生活でそうなっちゃったってことなんだ。来栖のもとからの性格ではないわけだよね。

『心南も言った？　わたしも恋愛は勝負じゃない！　って怒《いか》り炸裂《さくれつ》させて別れたから、きっといつか目が覚めてくれると信じる。根は優《やさ》しい人だと思うんだよね』

「そうだね。きっといろんな経験が来栖を成長させてくれる」

夏京くんも安藤くんも、今までとは違う本当の恋愛を知って成長し、変わった。

(夏京くんに関してはこれから、わたし次第《しだい》か)

きっと来栖の場合も、今回の間違いが大きな成長への通過点になってくれるはず。中学生も高校生もまだまだ未熟だ。きっと人を傷つけながら、自分が傷つきながら、大人になっていくものなんだろう。

『わたしも成長したよー！　次はするぞ！　とびきりの恋愛』

「真彩、強いね。真彩ならできるよ。とびきりの恋愛」

えへへと笑う真彩の声に、悲愴感《ひそうかん》はなかった。

真彩との通話を終え、心に最大に引っかかっていた事案は、あっさりと解決してしまった。

これで心置きなく夏京くんと、安藤くん、蘭先輩《せんぱい》カップルともダブルデートに行ける。

わたしは勢いよくベッドから飛び下りる。そして夏休みに入ってから伸《の》ばしている爪《つめ》に、いそいそとネイルをほどこし始めた。

わたしは、今回の恋愛でどのくらい成長できたんだろうな、とピンクに染まった指先を見ながら考えた。

わたしが行った時、待ち合わせの駅に立っていたのは蘭先輩だけだった。蘭先輩の姿を見つけたわたしは手を振《ふ》りながら駆《か》け寄った。

「蘭せんぱーい！」

「おはよ、心南ちゃん。あの二人、昨日もきつい練習だったから遅《おく》れるかもね。基は時間通りに来たためしがないよ」

「そうなんですか？」

「ガチ部活男子。大変だからー！」

「蘭先輩は大学に入ったらテニスですもんね！　ガチ部活女子！」

「そう。わたしに部活は向いてないとあきらめてたけど、心南ちゃんのおかげで前に進めそう」

「えへへ、照れます」

「それにしてもおかしな勘違《かんちが》いしてたよね、心南ちゃん。わたしが陸哉のこと好きだなんて。陸哉の側《そば》にいてわたしが好きにならないわけがないって、思考が凝《こ》り固まってたでしょ」

「だってー。一緒《いっしょ》に泊《と》まりに行った時、二階の客室から昇太と野球してる夏京くんを、熱ーいまなざしで見つめてたじゃないですか！　あれって……あれ？」

見つめていたのは、もしかして夏京くんじゃなくて……。

「見つめてたのは基です」

「そういうことだったのか。もう、わかりにくいんですよ。電車の中で蘭先輩、夏京くんに先にお弁当渡《わた》して、次に安藤くんにお弁当渡す時、『ついでに』って言ったんですよ？　夏京くんが好きって思うじゃありませんか。安藤くんは〝ついで〟で」

「へえ、わたしそんなこと言ったんだ？　それはまあ、ただのてれ隠《かく》し？」

「はあ。なるほどー」

それだけじゃなく、夏京くんが電車の中で蘭先輩が参加することに対して「かわいい女子がいればテンションも上がる」って言ってたんだよ。わたしの参加はすでに決まっていたのにわたしは〝かわいい女子〟にカウントされていないことに落ち込んでいた。

でもあれって、安藤くんから見ての〝かわいい女子〟だったのかな。安藤くんに対しての話をしていたから。

いろいろあってわたしの脳には〝夏京くんは蘭先輩が好き〟って図式が刷り込まれてきてしまった。

「陸哉も交際人数だけは多いのに恋愛初心者で、心南ちゃんもぜんっぜん器用そうじゃないし、すれ違いが多そうなカップルだよなあ」

「誰《だれ》がすれ違いなんすか、貴子先輩」

夢中で蘭先輩と話していたら、いつの間にか夏京くんと安藤くんが近くに立っていた。

今日はこれからみんなで花ざかりの遊園地に行くのだ。

わたしと夏京くんは恋愛初心者らしく（夏京くんはつき合った人数が十人もいるのに）、つき合っている相手と二人で出かけたことはそれほど多くはない。

「じゃあね、五時に一度ゲームセンターで集合ね」

「マジですか？」

わたしと夏京くんにバイバイし、すでに手をつないで歩き出している蘭先輩と安藤くんの背後で、わたしは呟《つぶや》いた。

ダブルデートってこういうもんなの？　四人一緒に回るんじゃなくて、目的地に着いたら速攻《そっこう》分かれるの？

「部活部活であの二人もぜんぜんデートしてねえし。なのに俺たちが心配でここまで引っ張ってきてくれたらしいぜ。ガキじゃねえんだからデートくらい二人でできるわ」

「そ、そうね」

わたしは最初っから夏京くんと二人はハードルが高かったかも。どれだけ純情なんだ、わたし。

二人っきりにされてから、心臓が三つになったんじゃないかと思うほどのバクバク感。でも立て続けに絶叫《ぜっきょう》コースターに二つ乗ったら、違う種類のバクバク感が強くなって、意外と普通《ふつう》に話せるようになってきた。

「ほら」

「あ、つめたい」

わたしがベンチで座って休んでいると、夏京くんが買ってきてくれた缶《かん》ジュースをわたしのほっぺたにくっつけた。それからベンチの、わたしのすぐ隣に腰《こし》を下ろす。

目の前に広がる色とりどりの花の海を眺《なが》めながら、二人黙《だま》ってジュースを飲む、静かな時間が流れた。

わたしはふと、疑問に思っていたことを聞いてみたい欲求にかられた。

「ねえ、どうしてわたしを好きになってくれたの？」

「んー……多すぎて全部ちゃんと言えるかな」

鼻の頭をかく夏京くん。

「そんなに？」

「うん。まずいじらしい。あとな、一生懸命《いっしょうけんめい》なんだよ、誰に対しても。自分の損得抜《ぬ》きで相手を助けようとはするけど、自分はなんの盾《たて》もない丸裸《まるはだか》状態で、誰が心南を守るんだ、って思った時、初めて女の子を守りたいという感情が湧《わ》いてきた」

「……」

言葉が出てこない。そんなことを思ってくれていたの？

「あとな、他《ほか》の男に対しての嫉妬《しっと》って感情を初めて知った。こういうのが……恋《こい》か、みたいな……」

最後のほうの夏京くんの言葉は聞き取れないくらい小さかったけど、確かにそう囁《ささや》いた。

胸が熱くなる。

「あ！　今度、俺、あれ乗りたいなー！」

唐突《とうとつ》に夏京くんは、空にいくつもの円を描《えが》いているレールを指さした。

「げっ？　また絶叫マシーンじゃない！」

「遊園地に来て他に何乗るのさ？」

カップルで来たなら、観覧車とか、お化け屋敷《やしき》とか、なんならメリーゴーランドとか……絶叫するだけじゃない恋人同士ならではの楽しみ方があるんだと思う。……たぶん。

「じゃ、じゃあそれが終わったら、もう少し穏《おだ》やかな……」

「何？　心南、気持ち悪くなったの？　それなら止《や》めるか」

「いいよ。嫌《きら》いではない」

「そっか。じゃあ行こうぜ」

夏京くんはわたしの手を握《にぎ》り、引っ張って立たせた。そのまま放さずに指と指を互《たが》い違いに組み合わせる恋人つなぎに移行した。

「絶叫マシーンだと、心南怖《こわ》がって俺に頼《たよ》りっきりになるじゃん。正直、それがめっちゃ可愛《かわい》かったりな」

夏京くんがボソッと呟いた。

「なーんだ！　わたしが大好きってことかー」

かなり棒読みで無理無理に肩《かた》をぶつけてみた。

「うるせえよ」

わたしたちは手を繋いで絶叫マシーンの場所目指して走り始めた。

わたしにやっと夏が来た。願わくは、この夏が永遠の、常夏《とこなつ》で、ありますように。

あとがき

みなさまこんにちは。『夏恋シンフォニー　こじらせヒーローと恋のはじめかた』をお手に取っていただき、ありがとうございます。

この本を読んでいる間、少なからず没頭《ぼっとう》して心南《ここな》や陸哉《りくや》の仲間になってくだされば、作者としてこんなに嬉《うれ》しいことはありません！

今回のヒーロー陸哉くんは〝こじらせ男子〟ですが、このワードから書き始めたわけではありませんで……。書き上がって読み返してみたら、なんとこじらせている男子なんでしょう！　と自分でぎょっとしました。

基本、わたしの書く男子は〝不器用〟です(器用男子に挑戦《ちょうせん》してみるのもアリかな、自分の成長につながるのかも？)。

みんなのまわりにもいませんか？　こじらせ男子にこじらせ女子。

生きていくということは、誰《だれ》もが気がつかないうちに日々、少しずつ思考にこだわりや頑《かたく》なな部分ができてしまい、それをこじらせと呼ぶのかもしれません。そして、いつか自分でそれに気づく。

こじれてしまった心の糸を、丁寧《ていねい》に辛抱《しんぼう》強く、ちょっとずつちょっとずつほぐしていく。ほんの少しでもほぐれて視界の色が明るくなり、呼吸が楽になった時、それを成長と呼ぶのかな……なーんてこのお話を書きながら考えていました。

お話の中で陸哉が心南に出会い、自分のこじらせに気づいた（かどうかはわかりませんが）、そして本当の恋愛《れんあい》をするまでを描《えが》いてみたつもりなのですが、お楽しみいただけたでしょうか。もしそうなら、このうえない幸せです。

今回も超美麗《ちょうびれい》なカバー、挿絵《さしえ》を担当してくださった茶々《ちゃちゃ》ごま先生、いつも的確なご指摘《してき》をくださる担当様、他《ほか》、この本の制作に携《たずさ》わってくださったすべての方に感謝申し上げます。

そして、わたしに猛烈《もうれつ》な妄想癖《もうそうへき》をさずけてくれたお父さん、お母さん、ありがとう！

そしてそして、読者のみなさまに最大級の感謝を。またどこかでお会いできることを祈《いの》っています。かなりマジで！

くらゆいあゆ

BEANS BUNKO

「夏恋シンフォニー　こじらせヒーローと恋のはじめかた」の感想をお寄せください。
おたよりのあて先
〒102-8177　東京都千代田区富士見2-13-3
株式会社KADOKAWA　角川ビーンズ文庫編集部気付
「くらゆいあゆ」先生・「茶々ごま」先生
また、編集部へのご意見ご希望は、同じ住所で「ビーンズ文庫編集部」
までお寄せください。

夏恋《なつこい》シンフォニー　こじらせヒーローと恋《こい》のはじめかた

くらゆいあゆ

角川ビーンズ文庫　22239

令和２年７月１日　初版発行

発行者――三坂泰二
発　行――株式会社KADOKAWA
〒102-8177　東京都千代田区富士見2-13-3
電話 0570-002-301（ナビダイヤル）
印刷所――株式会社暁印刷
製本所――株式会社ビルディング・ブックセンター
装幀者――micro fish

ISBN978-4-04-109704-5 C0193 定価はカバーに表示してあります。

◇◇◇

ジャマしないでよ、
大《おお》神《がみ》くん！

再生数100万回めざして、実況中!?

大好評発売中！

リア充イケメンには要注意!?

WEB発 炎上上等(?)学園ラブコメ！

あずまの章 イラスト・夏芽もも
誰もが認める絶対的美少女——清見ヒロ子・16才。その正体は高校デビューの地味顔でチョー貧乏。お金のため、とある特技で動画を投稿したら一躍有名人に！ でもクラスの神イケメン・大神くんに“裏の顔”がバレて!?

●角川ビーンズ文庫●

角川ビーンズ小説大賞
原稿募集中!
ここが「作家」の第一歩!
イラスト/伊東七つ生
賞金 大賞 100万円
優秀賞 30万円
奨励賞 20万円
読者賞 10万円
締切 3月31日
発表 9月発表(予定)
応募の詳細は角川ビーンズ文庫公式サイトで随時お知らせいたします。
https://beans.kadokawa.co.jp